KB094958

달빛
조향사

달빛 조향사 6

가프 현대 판타지 소설

초판 1쇄 찍은 날 § 2021년 7월 21일
초판 1쇄 펴낸 날 § 2021년 7월 28일

지은이 § 가프
펴낸이 § 서경석

총괄팀장 § 노종아
편집책임 § 신나라
디자인 § 스튜디오 이너스

펴낸곳 § 도서출판 청어람
등록번호 § 제387-1999-000006호
등록일자 § 1999. 5. 31
어람번호 § 제1-3145호

주소 § 경기도 부천시 부일로 483번길 40 서경B/D 3F (우) 14640
전화 § 032-656-4452 팩스 § 032-656-4453
http://www.chungeoram.com
E-mail § chungeorambook@daum.net

© 가프, 2021

ISBN 979-11-04-92361-6 04810
ISBN 979-11-04-92324-1 (세트)

※ 파본은 구입하신 서점에서 교환하여 드립니다.
※ 저자와 협의하여 인지를 붙이지 않습니다.
※ 이 책은 도서출판 청어람과 저작자의 계약에 의해 출판된 것이므로,
무단 전재 및 유포·공유를 금합니다.

도서출판 청어람

가프

현대 판타지 소설

달빛 조향사

6

MODERN FANTASTIC STORY

달빛
조향사

목차

제1장

—

진격을 준비하며II

이 작품은 '픽션'입니다. 오직 '소설'로만 읽어주시기 바랍니다.

"강토야."

"Yes야, No야?"

"난 뭐가 뭔지……."

"정확히 말하면 향 추출을 맡아 줄 사람이 필요해. 내 향수의 특성이 될 수 있는 소수의 자연 향. 그 추출을 맡아 줄 사람은 너밖에 없어."

"나?"

"거절하면 나도 하우스 포기한다. 그렇게 되면 상미도 같이 백수 되는 거야."

"강토야……."

"야, 이 기집애야. 우리 싸부가 이렇게 정성을 들이면 냅다 받아들이면 되지 뭔 뜸을 들여? 그리고 강토? 싸부님에게 강토가 뭐야? 유쾌하 실장님, 오연수 팀장님에 스타니슬라스 박사님도 닥터 시그니처라고 부르는데?"

옆에 있던 상미가 다인의 어깨를 쥐어박았다.

"야……."

"에이, 씨… 나는 울며불며 사정하고 취직했는데 너는 뭔데 특별 대우? 그럼 고마운 줄이나 알아야지. 빨리 수락 못 해? 나까지 백수 만들고 싶어?"

"상미야."

강토가 상미를 말렸다. 지원을 바란 건 이런 게 아니었다. 하지만 듣보잡 팀 옴니스의 멤버로 온갖 설움을 겪으며 동고동락해 온 사이. 이렇게 돌직구를 뿌리는 것도 나쁘지 않았다. 말하자면 그만한 케미를 형성해 온 것이다.

"진짜 내가 너한테 도움이 되겠어?"

다인이 물었다.

"권다인."

"왜?"

"나 창업 고민 열라 많이 했다."

"그건 나도 알아."

"그런 내가 정 때문에 너를 선택하겠어?"

"하지만 나는 향 추출 전문가도 아니고……."

"아니면? 나는 지금 헛발 중이냐?"

"윤강토……."

"상미야, 네가 설명 좀 해 줘라."

강토가 상미에게 신호를 보냈다.

"네가 왜 전문가냐? 우선 가의도에서 꽃과 함께 자랐지. 너네 아빠가 거기서 야생화 농장을 하고 있으니까."

"그야……."

"그래서 꽃이 곧 생활이지. 꽃에 정통하잖아? 게다가 너네 아빠가 사는 가의도는 각종 야생화와 꽃이 자라기에 최적의 조건. 맞냐, 틀리냐?"

"아빠가 그렇다고는 하셨어. 전국 최고라고."

"그리고 네가 향수의 개념과 향 추출법에 대한 개념은 확실하잖아? 맞지?"

"그건……."

"맞아? 틀려?"

"어느 정도는……."

"나머지는 내가 설명할게."

다시 강토가 말을 이어받았다.

"나는 진짜 향수를 만들고 싶어. 이번 뉴욕 이벤트에서 어느 정도 인정도 받았고."

"……."

"천연향료도 돈을 주면 살 수야 있겠지. 하지만 초고가의 향이 아니고는 합성향료보다 질이 떨어지는 경우가 많아. 물론 내가 향조를 다듬으면 되겠지만 우리나라만 봐도 공방이 우후죽순이고 외국은 전통 있는 랩과 하우스가 지천이야."

"……."

"경쟁력을 가지려면 자체 천연 향이 필요해. 대량생산이 아니라 시그니처나 니치 중심으로 가려면 더 필수적이고."

"……."

"아직 우리 향료가 세계적인 수준은 아니지만 그렇다고 외국 향료만 받아 쓰고 싶지는 않아. 대다수는 수입 향료일지라도 악센트는 한국 향료… 그래서 네가 필요해. 너희 아버지가 야생화 농장 하시니까 그 꽃들 사서 쓰면 아버지에게도 도움이 될지 모르고."

"……."

"어때? 선민대 실습실 꼴등 맡아 놨던 우리 옴니스. 5월부터 대반전의 일기를 썼지. 이제 사회에서 뭉쳐서 조향계 한번 뒤집어야 하지 않겠어?"

"강토야……."

"너까지 오면 4분의 3이야. 그래야 제대로 된 옴니스로 볼 수 있지."

"아, 진짜……."

"콜?"

"……."

"아, 미친년, 그냥 알았다고 하면 되지 뭘 고민해? 너도 조향에서 떠나고 싶지 않잖아?"

다시 상미가 눈을 부라렸다.

"야, 이년아, 좀 가만히 있어 봐. 내가 대답할 만하면 끼어들어서 못 하게 하고, 할 만하면 목청 높여서 기회 뺏어 가고."

다인이 빼액 소리쳤다.

"그, 그랬냐? 몹시 쏘리."

상미가 목청을 낮췄다.

"콜?"

강토가 다시 물었다.

"당연히 콜이지. 솔까 너랑 상미랑 같이 일한다기에 나는 왜 안 끼워 주나 하고 얼마나 원망했는데… 이제 시작하는 일이다 보니 같이해도 되냐고 물어보지도 못하고……."

대답하는 다인의 목소리가 젖었다.

"고맙다."

"고맙긴, 내가 고맙지."

"면접은 됐고… 그럼 실기 보러 가자."

"실기?"

"네가 꽃 보는 눈은 있지만 향 추출은 초보잖아?"

강토는 두 번 설명하지 않았다.

* * *

“……?”

마장동 발골장 앞에서 다인의 눈이 동그랗게 변했다. 권혁재가 가지고 나온 기름 덩어리 때문이었다. 허름한 테이블 위에 쏟아 놓으니 한 무더기나 되었다.

“돼지기름에 소기름, 송아지 기름, 양 기름, 그리고 소나 양의 콩팥 주위에서 발라낸 두태야. 냄새가 약간씩 다른데 한번 구분해 봐.”

강토가 미션을 공개했다.

“그냥 보기엔 다 같은 기름 덩어리인데?”

다인은 바로 울상이다.

“일단 네가 맡아 줘야 할 게 냉침법과 온침법 향 추출이야. 그렇게 포마드를 만들어 주면 나머지는 내가 알아서 할게. 미리 설명하는데 우리 향수는 콘센트레이트 위주로 가지 않을 거야. 포마드와 에센스, 콘센트레이트, 콘크리드, 앱솔루트 등 단계별 향의 특성도 살릴 생각이거든. 이게 거기서 거기 같지만 각각의 향이 미묘하게 달라. 향수의 차이는 결국 그 미묘함이잖아? 이해?”

끄덕.

다인이 고개로 답했다.

“그러자면 두 가지 재료가 관건이야. 꽃과 지방. 식물성지방은 아몬드나 올리브유, 참기름, 동백기름 등을 고르면 되지만 기름 덩어리만은 직접 골라야 해. 어쩌면 이게 꽃보다 더 중요한 과정이야. 기름이 나쁘면 아무리 좋은 향을 가진 꽃도 망쳐 버리니까.”

“결국 꽃보다 기름이네?”

“응.”

“…….”

다인이 기름 덩어리를 바라본다. 더럽다. 권혁재가 깔끔하게 모아 줬다지만 결국은 동물의 지방을 걷어 낸 것이다. 더러는 피도 묻었고 더러는 털도 딸려 있다.

‘후우.’

숨을 크게 고른 다인이 팔을 걷어붙였다.

그러더니…….

강토와 상미가 뒤집어지는 사건이 발생했다. 다인이 기름 덩어리에 코를 박아 버린 것이다.

“다인아.”

상미가 말리자,

“그냥 둬.”

다인의 손이 상미 손을 밀어냈다.

그리고…….

다인의 어깨가 들썩이기 시작했다. 소리 없이 우는 것이다.

“싸부…….”

당황한 상미가 강토를 바라본다.

무리인가?

강토 눈빛이 내려갔다.

조향.

어떻게 보면 마냥 화려한 세계다. 착색제까지 입혀서 아름다운 병에 담은 향수를 보면 그런 예술이 따로 없다. 하지만 그 향수 한 병이 나오기 위해서는 수많은 과정이 필요하다. 특히 그 향수가 자연 향을 원료로 할 때는 더욱 그렇다.

장미에게서 1L의 에센셜 오일을 얻으려면 무려 3,500㎏의 꽃잎이 필요하다. 이 꽃잎은 사람의 손으로 따야 한다. 노련한 일꾼이라고 해도 한 시간에 6㎏의 장미 꽃잎을 거둘 뿐이다.

향수의 고난은 이때부터 시작된다. 추출과 증류에도 인내와 노동이 투입된다. 강토처럼 동물의 유지로 향을 추출하는 경우는 드물다. 이유는 돈이다. 이런 식으로 향을 추출해서는 돈이 되지 않는다.

그래도 강토에게는 필요했다. 선발로 자리 잡은 유럽의 랩과 하우스들. 그들이 진리가 된 전장에서 승부를 보려면 피할 수 없는 선택이었다.

하지만.

다인은 강토가 아니었다. 멋진 조향 오르간 앞에서 향료의 지휘를 꿈꾸었을 다인. 냄새나는 동물유지를 던져 주니 참담할 수도 있었다. 강토 역시 그럴 가능성 때문에 굳이 이 과정을 넣은 것이다.

"다인아."

강토가 조심스레 입을 열었다.

"못 할 거 같으면 애쓰지 않아도 돼. 내가 좀 무리한다는 것도 알고 있으니까."

강토가 다인을 일으켜 세웠다. 기름이 덕지덕지 묻어난 다인은 정말 울고 있었다.

—역시 무리구나.

"미안해."

깨끗하게 사과했다.

"뭐가?"

"이런 거 시켜서. 나는 네가 이해해 줄 줄 알고……."

"지금 무슨 소리 하는 거야?"

다인이 정색을 하며 되물었다.

"응?"

"설마 시작도 하기 전에 나 자르는 거야?"

"다인아?"

"나 지금 행복해서 우는 거야. 내일 저녁에 우리 엄마 아빠 올라오실 거거든. 모레 졸업식 때문에."

"……?"

"엄마 아빠도 내 취업 때문에 속 많이 타시는 거 같던데 이제 말할 수 있게 되었잖아? 나 조향 하우스에 취직했다고. 그리고 네 말처럼 거기서 향 추출하면 꽃도 직거래되는 거잖아?

아빠도 좋아하실 거 같아. 갓수 생활을 못 누리는 게 좀 아쉽기는 하지만……."

"다인아……."

"그거 생각하니까 갑자기 눈물이 났어. 그래서 몰래 좀 울려고 했더니 그걸 못 참아 주네?"

"진짜?"

상미가 끼어들었다.

"기름 냄새 실컷 맡았으니까 시작한다? 소, 돼지, 양 기름으로 구분하면 되는 거지? 처음이니까 틀릴지도 몰라."

다인이 기름 덩어리에 달려들었다. 하나하나 냄새를 맡으며 집중한다. 보기가 좋았다.

"야, 언니가 도와줄게."

상미도 소매를 걷고 덤빈다.

고맙다. 다들…….

강토가 혼자 중얼거렸다. 하우스 장소에 이어 향 추출도 해결된 것 같았다.

졸업.

화학공학사에 이어 조향학사 학위를 받았다. 복수전공 졸업식이라 큰 의미는 없었지만 시상식이 있으니 참석하게 되었다. 할아버지도 동행이었다. 학위와 상은 강토가 받는데 멋은 할아버지가 더 냈다. 핑계 김에 방 시인님까지 동행하는 모양이었다.

"싸부."

캠퍼스에 들어서자 상미가 손을 흔들었다. 다인도 함께였다. 할아버지와 방 시인님, 이미 구면이지만 인사를 시켰다.

"와아, 윤 화백님, 패션 감각이 압권이세요."

다인이 할아버지를 추켜세웠다.

"신경 좀 썼지. 그나저나 우리 강토 도와주기로 했다고?"

"네, 저희 대표님이세요."

다인이 강토 팔짱을 꼈다. 그 정도 케미는 되는 옴니스였다.

"으음, 아무래도 내가 회장으로 취임해야겠는데? 강토에게 맡기기에는……."

"금란백화점 전시회는 어쩌시고요?"

강토가 팩트를 상기시켰다.

"걱정 마라. 내가 필받으면 3일에 한 작품이다. 너 중동에서 못 봤냐?"

"윤 화백님, 이제 그때처럼 양으로 승부하실 신분이 아니거든요? 상하이에서도 개인전 하자고 연락 왔다면서요?"

강토가 쐐기를 박았다. 상하이 전시회도 사실이었다. 할아버지 그림을 사 간 곽파오의 제안이었다. 그걸 받은 추젠화의 제안이라고 했다.

"아쉽구나. 10년만 젊었어도 둘 다 할 수 있는 건데……."

할아버지가 너스레를 떨 때 다인의 부모님이 다가왔다.

"금란백화점 전용 향수 개발에 아네모네 신작 향수를 개발한 우리 대표님이세요."

다인이 강토를 소개했다. 거창한 수사를 덧붙이는 건 강토를 돋보이게 하려는 배려였다.

"우리 딸 잘 부탁해요."

어머니가 꽃다발을 강토에게 안겼다.

"앗, 엄마, 그거 내 거 아니야?"

다인이 펄쩍 뛰었다.

"얘, 너는 이따가 사 줄게. 지금은 대표님이 중요하지……."

어머니가 다인에게 눈치를 준다.

"아, 진짜… 나도 빨리 성공해서 대표 되든지 해야지."

"그래, 대표 돼라. 좋은 회사만 차려 봐. 내가 가의도 꽃 다라도 따다 안겨 주마."

"식 시작이야."

케미가 무럭무럭 돋을 때 상미가 말했다. 원래 같으면 관심도 없을 일이지만 강토가 상을 받게 되었으니 입장할 수밖에 없었다.

"미래의 조향사상, 윤강토."

시상식장에 총장의 목소리가 울려 퍼졌다. 강토가 나가 상을 받았다.

"허헛, 짜식."

단상 아래의 할아버지가 눈시울을 붉혔다. 언제 왔는지 작은아버지 부부도 박수를 친다. 라파엘 교수도 참석을 했다.

"와아아."

상미와 다인은 일당백의 함성을 지른다. 작은 플래카드까지 마련해 펄럭거리니 고마울 뿐이었다.

아쉬운 건 단 하나.

'준서 형…….'

단상 아래로 후각을 집중한다. 준서의 체취는 느껴지지 않았다. 졸업식이야 안 와도 그만이지만 어제부터 거듭 날린 카톡에 답이 없는 게 찜찜했다.

가게 오픈 준비로 눈코 뜰 새도 없나?

하지만.

'준서 얘기는 나중에 하자.'

손윤희에게 들은 말이 덜컥 심장에 걸렸다.

무슨 일이 있는 걸까?

제2장

—

신화(神話)의 서막

졸업식 오후에 한옥 리모델링에 돌입했다. 내부는 한옥의 특성을 살리되 19세기 그라스 하우스풍으로 그림을 그렸다. 그동안 마련한 피렌체 화병과 알람빅에 더불어 각종 증류 장치와 추출 장치는 따로 공간을 마련했다. 냉침법과 에센셜 오일을 만들 수 있는 실험 공간도 필요했으니 가장 큰 방으로 골라잡았다.

다른 한 방은 저장고에 더불어 숙성실로 설계했다. 강토 전용 조향 오르간은 숙성실에 놓기로 했다. 나머지 방 두 개 중에서 한 칸은 자료실 용도로 준비하고 한 칸은 휴게실 겸 탈의실 용도로 정하니 커다란 마루는 매장 겸 향수 전시실로 남았다.

이 구도에 대한 도움은 작은아버지 친구가 주었다. 나름 네임드 건축가라 이런 리모델링에 나설 분이 아니었지만 작은아버지의 협박(?)에 못 이겨 현장을 맡아 주었다. 대문 장식부터 작은 마당까지 뒤엎는 공사였으니 기간만 한 달 이상을 잡았다.

한옥이 너무 고마웠다. 강토가 원하는 동선을 만들고 다인이 만들어 오는 포마드를 순수 에센스와 앱솔루트 등으로 바꾸는 공간까지 갖추려면 준서처럼 작은 매장으로는 어림도 없었던 것이다.

강토는 다락방에 있었다.

새로 도착한 포마드로 새 작품에 돌입했다.

삼박 재스민.

한자로는 말리(茉莉)라 한다. 로고도 선명한 향료가 보석처럼 모습을 드러냈다. 모로코와 인도, 그라스의 것이었다. 포마드는 구하기 쉽지 않으니 라파엘의 도움을 받았다.

향으로 치면 인도의 향 분자가 가장 스트롱했다. 이 꽃은 인도에서도 동쪽에서 재배된 꽃이다. 보지 않아도 안다. 동쪽이나 남쪽에서 자란 재스민과 장미는 인돌 분자가 활성화된다. 심한 경우 화장실 문을 연 착각도 들 수 있다. 하지만 걱정할 필요 없다. 인돌은 알코올 성분과 도킹을 하면 바로 천국의 향기로 변신한다.

여기에 마다가스카르와 몰디브의 재스민 향료를 더하고 아네모네에서 구해 온 백화등 향료를 꺼내 놓았다. 백화등은 한국의 재스민이라 할 수 있다. 인도산 재스민의 향보다는 약하지만 그윽한 뒷맛은 그보다 나았다.

국뽕의 애국심 따위는 아니었다. 후각에는 애국심이 없다. 조향사로서의 판단일 뿐이었다.

한국 백화등<모로코 재스민<몰디브 재스민<마다가스카르 재스민<그라스 재스민<인도 재스민.

향의 농도에 따라 줄을 세웠다.

재스민의 향을 좌우하는 건 재스민산 메틸이다. 줄을 세우고 나니 세계 지도가 떠올랐다. 자칫하면 대륙별 재스민이 될 것도 같았다.

어떤 재스민 향을 창조할까?

단순히 재스민 향을 만드는 거라면 강토에게는 일도 아니었다.

정향에 헤디온, 초산벤질에 안트라닐산 메틸을 떨군다. 재스민의 화룡점정(?)인 인돌을 떨구니 바로 재스민 향이 피어올랐다.

조용히 밀어 놓는다.

재스민 향수의 대표는 장 파투의 Joy가 꼽힌다. 조향사 헨리가 불가리아 장미와 프렌치 재스민을 원하는 대로 퍼부어 만들었다. 그러나 뜯어보면 Joy의 주인공은 재스민이 아니다.

풍성한 꽃다발 속에 꽂힌 꽃의 하나일 뿐. 게다가 무겁기까지 하다.

그렇기에 재스민의 정수는 오히려 캘빈 클라인의 'Beauty'라고 보는 게 옳다. 식물성 머스크로 불리는 암브레트 시드를 앞세운 재스민이 차분하고 담백하게 등장하기 때문이다.

Joy와 Beauty.

굳이 뛰어넘어야 한다는 생각은 하지 않았다.

그들은 그들의 길을 갔고 강토는 강토의 길을 갈 뿐이다.

많은 조향사들은 영감을 향으로 옮겨 놓는다.

필링의 기원은 자연이기도 하고 사람이기도 하며 기억이기도 하다.

빛나는 오라나 몽고의 밤하늘, 태고의 신비처럼 보이는 이끼 가득한 계곡의 청량한 바람. 거기에 스토리를 입히면 더욱 그럴듯해 보인다.

청초한 소녀가 입술에 문 하얀 백합이.

첫 키스 때 느끼던 설렘과 아스라한 몽환의 로맨틱이.

시리도록 연둣빛이 도는 정원 가득 햇살이 떨어질 때의 풀내음이.

조향사의 영감을 통해 향수가 된다.

하지만.

많은 향수에서는 그런 추상 속의 향을 느낄 수 없다.

향은 기억이다. 조향사는 그런 경험을 했다지만 소비자는 하지 못했다. 똑같은 향을 내는 냄새 분자도 없지만 똑같은 기억을 가진 사람도 없기 때문이다.

달리 보면 기억의 강요이자 낭만을 소비시키려는 상술에 불과하다.

좋은 향은, 단지 좋은 향일 뿐이었다. 소비자는 그 향을 가지고 자신의 기억을 만들면 그뿐이었다. 연두가 핑크가 될 수도 있고 골드가 될 수도 있다. 그건 조향사가 강요할 일이 아니었다.

조향사의 영감을 앞세우는 상술 따위,

톱노트니 미들노트니 베이스노트니 하면서 소비자를 어렵게 하는 것과 다르지 않았다. 코는 알고 있다. 어느 것이 좋은 향이고 나쁜 향인지.

「재스민 그리고 재스민」

강토가 그리는 향이었다. 수없는 향수의 배경으로 들어가 강조되는 재스민이 아니라 조물주의 손을 대신해 만드는 자연 그대로의 재스민. 쉽게 홀리지도 않지만 결코 질리지도 않는 향…….

그걸 구현하고 싶었다.

그렇다고.

조향사의 영감 자체가 나쁘다는 건 아니었다. 강토는 단지 겉멋을 부리고 싶지 않았다. 스토리는 나중에 다른 사람이 입혀도 그만이었다. 백 인이 백 가지 스토리를 입혀 주면 더 좋을 것 같았다.

원료는 천연향료로 정한다. 자연 그대로의 향이기도 하지만 사실, 천연향료는 까다롭다. 더구나 향이 규정되어 있어 창의성을 펼치기도 곤란하다.

합성향료는 다르다. 특성의 규중이 애매하기에 조향사의 창의성이 들어갈 여지가 많다. 말하자면 퓨전이 되는 것인데 퓨전은 시비의 우려도 많지 않았다.

농도의 역순으로 놓고 향을 그려 본다. 재스민 향들이 물감처럼 강토 후각에 들어온다. 가장 강한 인도산 재스민은 약하게 풀어 놓고 가장 약한 한국의 백화등을 농축된 앱솔루트 향으로 대비해 본다. 그라스의 재스민은 모로코나 몰디브 것보다 강하지만 기세가 아름다웠다. 그건 에센스 농도로 결정을 했다. 다섯 재스민은 후각 스케치북에서 각자의 색조를 결정받았다. 진하고 연한 역할의 배정이었다.

포마드는 알코올을 넣고 가열하면 앱솔루트가 된다. 재스민과 투베로즈 등은 대개 이 과정을 따른다. 하지만 포마드와 에센스 상태로 쓴다고 해서 '반칙'이 되지는 않는다. 많은 조향사들이 제품화된 콘센트레이트에 익숙해졌을 뿐.

강토가 노리는 건 천연향료 속에서의 창의성이었다. 이거라면 지금까지 있었던 그 어떤 재스민보다 돋보일 수 있었다.

이렇게 재스민을 가지고 논다.

누가 보면 물감으로 범벅을 한 아이처럼 보일 수도 있었다.

재스민의 스케치북에 조력자들을 소환한다. 재스민 단일 노트라고 해서 재스민만 고집할 필요도 없다. 재스민의 향조를 살릴 수 있다면 염소 노트에 블러드 노트를 호출해도 되는 것이다.

재스민의 단점은 장미와 같다.

향이 강한 꽃들은 필연 꼬릿하고 비릿한 단점을 가지고 있다. 커피콩으로 후각을 씻어 내고 집중했다. 눈앞에 오르간이 있지만 눈은 뜨지 않는다. 진짜 영감은 눈을 감았을 때가 더 직관적이다. 보고 선택하는 건 바른 영감의 길이 아니었다.

Queen of the Meadow.

이 향이 강토 코를 간질인다. 꼬리조팝나무 향이었다. 초원의 여왕답게 싱그럽다. 백화등의 풍차 모양에 싱그러운 초원의 바람. 바람이 풍차를 돌린다. 꼬릿한 재스민 향을 날리는 데는 최강 조합이 될 수 있었다.

톡.

그걸 한 방울 떨구고 향을 음미한다.

재스민으로 최강의 안정감을 만들려면 등나무꽃 향도 필요하다. 이 궁합은 요리의 그것과도 같으니 고민하지 않고 미량 첨가했다. 향이 살짝 묵직해진다. 조금 더 시선을 끌려면 너트메그를 동원하면 된다. 톱노트를 짜릿하게 만드는 마법의 향이다.

베이스노트를 책임질 마법 주자들은 한둘이 아니었다.

오우드라면 우디 향에 삼나무 향까지 해결된다. 대량생산을 하려면 '이소 E 슈퍼'를 쓰면 된다. ㎏당 고작 몇 달러 하지 않는다. 하지나 오우드에는 타바코 노트도 섞여 있다. 강토는 하얀 재스민에 담배 연기가 깃드는 건 원치 않았다. 그런 파격이라면 차라리 레드 페퍼를 쓰고 말 테니까.

베티베르도 우수한 후보군이다.

이것 한 방울이면 톡톡 튀는 톱노트부터 묵직한 베이스노트까지 말쑥하게 통합이 된다. 오케스트라 지휘자의 역할을 원한다면 필수적인 노트였다. 향의 깊이는 물론 성스러운 느낌까지 부여하는 것이다.

또 하나의 유혹은 샌들우드다. 주성분은 오시롤. 강토가 뉴욕을 흔들었던 오시롤은 합성향료였지만 이번에는 천연향료로 어코드를 맞춰 보았다. 블랑쉬의 보물, 그 찐 샌들우드가 미량 들어가자 스케치 중인 재스민 향이 확산의 진수를 보여주었다. 피부에 한 방울 찍으니 이건 정말…….

마지막으로 시더우드를 맞춰 본다.

삼나무 향이다. 재스민이 더 상쾌하고 촉촉해진다. 아침 이슬이 내린 재스민 꽃밭에 선 기분이었다.

—샌들우드와 시더우드.

둘을 합치니 최강의 마무리가 되었다.

이 둘의 매칭에서 단점이라면 섬세함에 더불어 중독성일 뿐이었다.

그래도 0.1% 아쉬운 게 포근함이었다. 블랑쉬의 용연향을 미량 추가한다. 용연향은 그동안 더 맛나게 익어 있다. 흔하게 대용하는 랍다눔이나 앰버와는 차원이 달랐다. 이것 20–30kg이면 한 향수 회사가 20여 년을 쓴다. 그 정도 양은 아니지만 니치나 시그니처 중심의 하우스라면 평생을 쓸 수도 있을 양이니 아낄 것도 없었다.

위엄은 바로 드러난다.

세밀하게 맞춘 어코드, 그 안에 숨은 미세한 부조화조차도 용연향에게는 가차가 없다. 맛난 요리에 부드러운 크림소스가 들어간 그 기분. 지속성까지 넘사벽이니 퍼퓸 중의 퍼퓸으로 거듭나게 되었다.

당첨.

용연향도 끼워 주기로 했다.

'흐음.'

호흡을 가다듬고 스케치의 최종 구현에 돌입한다. 각 국의 재스민 포마드를 전개해 농도를 조절했다.

「포마드–에센스–콘센트레이트–앱솔루트」

콘센트레이트가 있으니 콘크리트 원료는 패싱했다.

대략적으로 맞춰 놓고 향료를 섞었다. 무려 24가지나 되었다.

샌들우드와 시더우드를 넣은 후에 꼬리조팝나무와 등나무향을 섞었다. 잠시 기다린 후에 재스민 향료들을 등판시켰다.

미리 정한 대로 넣는 사이에 재스민 향은 24번의 변화를 일으켰다.

화장이다.

여섯 얼굴이 24번 거듭난 것이다.

하지만 뭔가 아쉽다. 제아무리 정교한 스케치도 수정이 필요한 게 조향이었다.

재스민도 다 같은 재스민이 아니다. 톡 튀는 포인트가 필요했다.

강토에게 손을 흔드는 냄새 분자가 있었다. 블랑쉬의 보석으로 반짝이는 재스민 에센스였다. 현대 그라스의 재스민보다 맑고 풍성한 향이 압도적인 19세기의 재스민. 요걸 생각하니 반사적으로 백화등으로 눈길이 갔다.

'메리언…….'

문득 떠오른 그녀 생각에 아델라이드의 향갑을 열어 본다. 조금만 주의를 놓으면 거의 같은 향이다.

또 한 사람이 있다.

중국 촬영으로 장기 체류 중인 공현아. 메리언만큼은 아니지만 그녀에게도 약간의 유사성을 느꼈던 강토였다.

하긴 나와 똑같이 생긴 도플갱어도 있다고 하니…….

괜한 생각을 내려놓고 다시 집중했다.

방식을 바꾸었다.

백화등을 뺀 다섯 재스민들의 네 가지 추출 향을 섞고 백화등 미량에 블랑쉬의 재스민 미량을 넣었다.

마지막 포인트는 너트메그였다. 날아오를 준비를 마친 재스민향 분자들에게 On 스위치를 넣어 주는 것이다.

스물두 번 거듭난 재스민 향이 아지랑이가 된다. 미립자 분자들이 알코올이라는 날개를 타고 비상한다. 나른하고 아련하다. 그러나 더없이 청초하고 청량하며 은은했다.

가만히.

숙성될 향의 방향을 따라가 본다. 향수는 꽃과 다르다. 필 때만 아름답고 질 때 초라하면 실패작이다. 피라미드 공식을 거론할 필요도 없이 향이 오래 변하지 않아야 좋다.

향은 안정적이었다.

지속성도 좋았다.

그 어떤 퍼퓸에게도 뒤지지 않는 것이다.

좋았어.

다섯 나라의 재스민을 네 가지 추출법으로 살려 내고, 200여 년 전의 재스민 향과 야생화 백화등의 빛나는 도킹.

'재스민 그리고 재스민 22.'

완벽했다.

그렇다면 더 두고 볼 것도 없었다.

포마드의 작업에 돌입했다. 일부는 남겨 두고 순수 에센스를 만드는 것이다. 솜털을 다루듯 정성껏 가열을 하고 포도주 주정과 혼합한다. 이후에 냉각 과정을 거치니 향은 한층 더 진해졌다.

여과에 이어 증류를 시작한다. 알코올을 약한 불길로 날려 버리는 과정이었다. 알코올이 마지막 한 방울까지 날아가자 순수 에센스가 남았다. 압축파일을 눈으로 보는 기분이다. 원래의 재스민보다 수십만 배나 농축된 것이다. 그렇기에 코를 대지는 않았다. 이렇게 강한 향은 자칫 코피를 터뜨릴 수도 있다. 강토의 후각이라면 가만히 서서도 향의 강도를 알 수 있었다.

양은 기가 막히게도 줄어들었다. 하지만 상관없었다. 이것만으로도 100*ml* 향수 몇백 병은 거뜬했다.

앱솔루트까지 뽑은 후에는 그대로 잠을 청했다. 다락방에는 향기가 가득했다. 재스민 침대와 담요가 따로 없었다.

코리아 재스민
그라스 재스민×5
마다가스카르 재스민×4
모로코 재스민×4
몰디브 재스민×4
인디아 재스민×4
꼬리조팝나무꽃
너트메그
등나무꽃

샌들우드

시더우드

용연향

직관에 의한 핸들링은 일체감이 필요하다. 어떤 향료는 살짝 흔들어야 했고, 또 어떤 향료는 플라스크를 콩 건드려 잠을 깨워야 했으며 또 어떤 향료는 서로 키스를 시켜야 조화를 이룬다.

서로 다른 방식으로 향기를 가둔 원료들의 통합. 이건 블랑쉬도 쓰지 않았던 방법이었다. 이 시도 덕분에 간결함 속에 다양함을 담았다. 많은 향수들이 부딪치는 심심함과 단조로움, 가장 단조로운 구성으로 그걸 초월한 것이다.

덕분에 이상적인 향의 컨트롤에 한 발 더 다가서는 강토였다.

햇살 맑은 날, 마침내 강토의 천연향료 재스민이 완성되었다.

살포 피어오르는 향조가 딱 할아버지가 즐겨 쓰는 스킬 스푸마토 기법이다. 향조가 갓 짜낸 벨벳처럼 부드러웠다.

스푸마토는 원래 다빈치의 스킬, 다빈치도 탐독했던 블랑쉬. 강토 역시 어릴 때부터 할아버지의 그림을 통해 익숙했으니 돌아볼수록 신묘한 일이었다.

이 기법은 표현하고자 하는 대상의 조화를 자연스럽게 해 준다. 향과 향의 윤곽을 없앤다. 덤으로 따라오는 심오함은 보너스다. 업그레이드된 스킬과 만난 기법 역시 제대로 빛이 났다.

다섯 나라의 재스민, 네 가지 과정으로 얻어 낸 재스민 20가지 향에 더한 나머지 재스민.

향수가 아니라 하나로 이어지는 꽃의 왕국을 세운 것 같았다. 재스민만으로 이룬 재스민의 왕국이었으니 굳이 피라미드 공식 따위로 노트를 나누지 않았다.

겉멋의 상술보다 '향술(香術)'을 앞세우는 것이다.

한 병, 또 한 병.

누가 작품을 자식 같다고 말했던가?

와인 셀러에 보관하는 마음이 미치도록 뿌듯했다.

마당으로 나와 겨울 하늘을 한 번 보고 다시 향에 집중했다. 재스민의 짝은 장미다. 어떤 조향사도 장미와 재스민을 빼고 향수를 꿈꾸지 못한다. 재스민다운 재스민을 만들었다면 이제는 가장 자연스러운, 가장 사랑스러운 장미 향을 만들 차례였다.

* * *

빨간약이 코로나를 죽인다.

코로나 시대에 귀를 솔깃하게 하던 기사였다. 오직 마스크와 방역 최전선인 보건소 직원들의 활약에만 의존하던 그때, 먹는 빨간약은 왜 개발되지 못하는 건지 사람들이 아쉬워했다.

그때 장미를 생각했다. 장미 향수도 살균제 역할을 한다. 더불어 진정 효과와 치유력도 가지고 있다. 집 콕이 대세이던 코로나 시대에 장미 향수가 코로나 퇴치에 도움이 된다는 연구가 나왔더라면 장미 향수의 인기는 더 치솟았을 것이다.

장미.

향수에 있어서는 재스민의 쌍벽이다. 그러나 이건 재스민의 입장에 지나지 않는다. 장미의 입장에서 보면 Only One, 넘사벽이었다.

더구나 이들은 종류로도 압도적이다. 장미의 종은 무려 1만 가지가 넘는다. 그 1만 가지 향이 다 다르다. 세상의 모든 향은 비슷할지언정 같지 않았으니 심지어 에글란타인 종의 잎은 재스민 향까지 발산하기도 했다.

그 모든 장미가 향수에 쓰이는 건 아니었다. 만약 당신이 장미 향수를 쓰고 있다면 불가리안 로즈일 가능성이 90%에 가깝다. 다마스크로 불리는 이 장미는 장미 향수의 대명사로 불릴 정도로 대세를 장악하고 있다.

장미의 기원은 놀랍게도 신석기시대로 올라간다. 터키의 아나톨리아가 시발지다. 자세히 맡아 보면 사향 냄새도 섞여 있다.

사향이다.

그래서 장미 향은 더 매력적인 걸까?

장미는 향의 보고였다. 종에 따라서는 몰약을 얻을 수도, 사향과 시나몬, 히아신스의 향도 구할 수 있었다.

향의 독보적인 능력자라 할 수 있는 장미는 무려 500여 가지의 휘발성 성분을 갖고 있었으니 가히 넘사벽이 아닐 수 없었다.

"……."

강토의 시선이 오르간에서 멈췄다. 오르간에 준비된 건 불가리아산 에센스와 콘센트레이트뿐이었다. 그 옆으로 가면 블랑쉬의 그라스 장미가 있다. 단순히 장미 향수를 만드는 거라면, 이 두 가지로 못 할 게 없었다. 하지만 앞서 만든 재스민처럼 22를 맞추고 싶었다. 그러자면 더 많은 출처의 장미가 필요했다.

"당연히 되지."

아네모네에 SOS를 보내자 오 팀장이 콜을 받았다.

단숨에 달려가 향료실과 샘플실의 장미 향료를 다 뒤졌다. 다행히 불가리아와 터키, 그라스에 더불어 다마스쿠스와 튀니스산 천연향료까지 체크할 수 있었다.

"장미 향수 창작 중?"

아아를 가져온 오 팀장이 벽에 기댄 채 물었다. 슬쩍 나가더니 아이스아메리카노를 만들어 온 것이다.

"네."

"기대되는데?"

"흔한 게 장미 향수인데요 뭐."

"싸구려 아이리스 향에 럭셔리를 씌워서 뉴욕을 뒤집은 게 누군데?"

"장미는 그렇게 포장할 생각 없습니다."

"돌직구구나? 온리 천연 향?"

"이번에는요."

"공방이나 하우스면 그쪽이 좋을 거야. 어차피 고급화로 가야 할 테니까. 하지만 향료를 지속적으로 확보하려면 애로가 많을 텐데?"

오 팀장의 애정이 엿보인다. 합성원료가 다 나쁜 것은 아니다. 반대로 천연향료라고 다 바람직한 것도 아니다. 만약 알데히드가 발견되지 않았더라면, 제비꽃, 히아신스, 백합, 뮤게, 라일락 향을 내는 명품 향수의 반은 태생부터 불가능했을지도 모른다.

강토가 지양하는 건 식품의 첨가물에 해당하는 각종 보조제들이었다. 이것만은 배제하거나 천연을 고수할 계획이었다.

"제 생각도 그렇습니다."

"아무튼 아이리스 향 때문에 우리 향 개발 팀이 골치잖아? 닥터 시그니처가 준 제법대로 해도 향의 안정성이 들쭉날쭉… 결국 질이 좋은 아이리스 향을 투하하는 걸로 결재가 났다지?"

"죄송합니다."

"그게 왜 죄송? 우리 기술이 부족한 탓이지."

"팀장님 깨지신 건 아니죠?"

"다행히. 그리고 이거 어때?"

오 팀장이 빈 향수 용기 두 가지를 내밀었다.

"뉴욕 향수 담을 용기예요?"

"몇 가지 시안 중에서 당첨된 거야."

"볼매인데요?"

볼수록 매력, 강토가 감탄을 토했다. 같은 디자인에 서로 다른 색, 아이리스 조각과 옥잠화를 각각 양각으로 새기고 색조도 살짝 다르게 쓴 용기는 네임드에도 밀리지 않았다.

"어제 결정했어. 그렇잖아도 샘플 용기 보내 줄 생각이었는데 통했네?"

"그럼 이게 제 거로군요?"

"맞아. 가져가."

"시안이라면 혹시 공모 같은 거 하신 건가요?"

"응."

"그럼 용기 디자인하는 분 많이 아시겠네요?"

"소개해 줘?"

"네, 저도 필요할 것 같은데… 저처럼 가진 건 열정밖에 없는 신예면 좋겠어요."

"그런 사람 꼭 한 명 있지. 이번에 우리 공모전에서 아깝게 물먹은… 내가 볼 때는 그 용기도 괜찮은데 너무 실험적인 디자인이라고 점수가 깎였어. 꼰대들 안목이라니……"

"한번 만나 보고 싶은데요."

"연락처 줄게. 그리고 이거."

오 팀장이 콘센트레이트병 두 개를 또 내밀었다.

"해당화 향이네요?"

"역시… 뚜껑 열기도 전에 알아 버리네. 닥터 시그니처에게는 마개도 소용없다니까. 유 실장님이 재작년에 추출한 거야."

"향이 조금 다른데요? 하나는 바다를 보고 자란 것 같고 또 하나는 바다 냄새가 거의 없어요."

"귀신, 하나는 우리가 조건 맞춰서 농장에서 기른 거야. 그래도 향 분석 결과는 괜찮던데?"

"죄송하지만 포마드는 없나요?"

기왕 신세 지는 것, 뻔뻔 모드로 돌입했다.

"있지. 하지만 이게 쓰기 편하지 않아?"

"저는 포마드가 필요하거든요."

"마무리 증류는 직접 하겠다?"

"기왕이면 이 향료들도요."

강토가 먼저 얻은 향료를 들어 보였다.

"기다려 봐. 수입된 향료에는 없고 샘플실에는 있을지도 몰라."

오 팀장이 나갔다.

그사이에 해당화 향을 만끽했다.

'아.'

해당화를 보니 문득 네임드 향수가 떠올랐다. 장미가 아닌 꽃으로 장미 향을 냈다던 향수. 거기 쓰인 하트 노트가 제라늄이었다.

제라늄도 장미 향을 낸다.

그 향은 지역에 따라 기세가 달라진다. 프랑스로 치자면 북부의 제라늄은 차갑고 드센 미스트랄 때문에 거칠고 와일드하지만 남쪽으로 내려오면 따뜻해지는 기후 덕분에 따뜻한 느낌을 풍긴다. 그런 제라늄은 피부에 닿는 순간 따뜻한 느낌이 난다. 시원한 알코올이 날아가기 무섭게 따뜻하게 번져 가는 장미 향. 그 친화성을 살린다면 살에 닿는 즐거움까지 느낄 수 있다.

게다가 제라늄은 중성이다. 남성적인 면과 여성적인 면을 다 가지고 있다. 와일드한 향에 따뜻한 느낌이니 우디한 악센트까지 완성되는 것이다.

거기에 남쪽 바다에서 난 해당화를 곁들이면?

강토의 스케치가 가지를 친다.

원래는 장미 포마드를 다 모은 후에 최종 정리를 하려던 스케치. 영감이 오니 미룰 것도 없었다.

도도한 장미가 따뜻해지면 그 위에 치자꽃을 더한다. 치자는 가련해서 사랑스럽다. 게다가 이 또한 해당화처럼 장미에 속한다.

여기에…….

맛깔나게 페퍼를 친다. 페퍼는 보통 다섯 종. 강토의 고려를 받을 수 있는 건 핑크 페퍼와 티무트 페퍼다. 후자로 간다. 이 향은 시트러스와 스위티 노트를 동시에 동원하는 것처럼 상쾌함을 더하기 때문이었다.

"팀장님."

마음이 급해진 강토가 샘플실로 달렸다.

"들어와."

안에 있던 오 팀장이 손짓을 했다.

"찾으셨어요?"

"몇 개 있는데 고르기 힘드네. 포마드들 냄새가 장난 아니잖아? 직접 골라 가."

오 팀장이 작은 상자를 가리켰다. 주저할 것도 없이 픽업을 했다. 해당화 포마드 역시 바다 냄새가 시원한 것으로 골랐다.

"제라늄도 하나 필요한데요? 그리고 티무트 페퍼는 없나요?"

"잠깐만, 제라늄은 이 안에 있을 거야."

오 팀장이 선반을 열었다. 하지만 포마드를 꺼내기도 전에 강토 고개가 돌아갔다.

"왜?"

"제가 필요로 하는 게 아니에요."

정중히 사양을 했다. 향이 얌전한 이 제라늄은 북부 지방에서 추출한 게 분명했다.

"그래? 그런데 티무트 페퍼는 없는데?"

"그래요?"

"레드 페퍼라도 괜찮다면?"

오 팀장이 다른 포마드를 들어 보였다.

"아니, 괜찮습니다. 그런데 이 비용은 어떻게 지불하죠?"

"그냥 가져가. 우린 쓰지 않는 것들이니까."

"정말요?"

"응, 수입처에서 홍보용으로 받거나 향 퀄리티 비교하려고 샘플로 받은 것들이거든."

"그럼 감사합니다."

넙죽 인사를 하고 학교로 갔다. 라파엘을 만나야 했다. 그라면 티무트 페퍼 노트를 가지고 있을지도 몰랐다.

하지만.

라파엘의 조향 오르간에도 티무트 페퍼는 없었다.

"잠깐만 기다려 보시게."

라파엘이 국제전화를 걸었다. 불어가 오가더니 통화가 끝났다.

"허어."

한숨 먼저 나오는 걸 보니 구하기 어려운 모양이었다.

"그게 말이야, 시중에 나온 건 없고 몇몇 고퀄 퍼퓨머리에서 만드는 모양인데 그조차 파악이 어렵다는군. 워낙 희귀한 노트라서 말이야."

"네……."

"내 친구 말로는 그라스 스멜 콘셉트의 알프레도가 만든 걸 봤다는데 이 친구는 자네랑 상대하지 않을 거야."

"왜죠?"

"기다려 보게. 내가 친구에게 선을 대 보라고 했으니 연락이 올 거야."

라파엘이 핸드폰을 바라보았다. 5분쯤 지나자 전화가 들어왔다.

"역시 그렇군."

통화를 마친 라파엘이 어깨를 으쓱해 보였다.

"퇴짜야. 동양의 신성이 티무트 페퍼가 필요하다고 했더니 검증 안 된 동양인 조향사와는 거래하지 않는다며 끊었다는군."

"……."

"적어도 에르메스나 겔랑, 지보단 등의 대가가 아니면 거래하지 않는다는 소문이 있는데 워낙 괴짜라 종잡을 수 없는 사람이야."

"스펙을 중요시하나 보군요?"

보지도 않은 사람에게 살짝 오기가 생겼다.

"뭐 화학자들 중에는 유별난 사람이 많지 않나?"

"괜찮습니다. 까짓 티무트 페퍼, 다른 향으로 만들면 되죠."

"하긴 자네는 아이리스도 그렇게 하지 않았나?"

"아무튼 고맙습니다."

"티무트 페퍼라면… 어떤 향수를 구상 중인가?"

"초기작은 익숙한 향수부터 시작하려고 합니다. 장미와 재스민, 그리고 아이리스……."

"기본이 가장 위대한 법이지. 기대되는군. 내가 뭘 좀 도와야 할 텐데… 티무트 페퍼 말고는 필요한 게 없나?"

"그러시면 장미나 제라늄 포마드가 있을까요?"

"있지. 그런데 로즈는 불가리아가 아니라 히말라야 야생 장미라네."

라파엘이 두 개의 포마드를 꺼내 주었다.

"……!"

강토 후각이 바로 반응했다. 히말라야 야생 장미는 향이 강했다. 제라늄 역시 남부 지방 가까운 곳에서 자란 것이었다. 거친 느낌 사이로 따뜻함이 느껴졌다.

"필요하면 가져가게."

라파엘이 웃었다. 강토 마음을 알아차리는 라파엘이었다.

"그런데 교수님."

“왜?”

“이 제라늄 말입니다. 어떤 향조로 해석해야 할까요?”

“장미 향과 같지 않나? 그 향의 결이 남성적이기도 여성적이기도 하면서 우디 느낌도 머금은…….”

“그렇군요.”

“몰라서 묻는 건 아닐 테고, 뭔가?”

“실은 박하 향이 섞인 거 같아서요.”

“박하 향?”

라파엘이 다시 후각을 가다듬는다. 하지만 확신하는 눈치는 아니다.

“죄송합니다. 제가 잘못 맡았나 봅니다.”

마무리를 하고 포마드를 챙겼다.

제라늄에서는 박하 향도 난다.

라파엘도 감지를 못 한다면 지구상의 조향사 절반 이상은 이 미묘함을 알아차리지 못한다. 이럴 때마다 묘하게 뿌듯해진다.

‘박하 향이라…….’

코끝에서 나풀거리는 박하 향과 함께 다락방으로 돌아왔다.

그라스 장미×5

불가리아 장미×4

터키 장미×4

히말라야 장미×4

프랑스 제라늄×4

해당화

22가지 장미 그림이 그려졌다. 다마스쿠스와 튀니스의 장미도 마음이 갔지만 다른 장미 포마드의 향이 더 좋았다.

장미꽃밭에 들어섰을 때 느끼는 그 향.

태피스트리처럼 정교하지만 더없이 자연스러운 매혹.

22가지 향을 조절하며 자연 향을 찾아 갔다.

제라늄 버번부터 증류를 했다. 순수 에센스가 나오자 남은 포마드의 일부를 알코올에 거른 후에 가열을 했다. 앱솔루트가 나왔다. 미량을 주정에 풀었다.

'박하 향…….'

포마드 상태일 때보다 조금 더 나았다. 하지만 역시 웬만한 조향사가 아니면 맡을 수 없는 수준이었다.

그대로 두고 티무트 페퍼 노트를 만들었다. 본래는 향수에 페퍼 노트가 들어가면 향이 날카로워진다. 그러나 이 페퍼는 정말 특이했다. 가지고 있는 포도 노트와 오렌지 노트를 다 개방했다.

그냥 맡으면 포도와 자몽 냄새를 풍기는 티무트 페퍼.

포도와 피노 누아 포도, 블루베리, 유자와 오랑제트, 자몽

향을 조합하고서야 같은 향을 낼 수 있었다.

'좋았어.'

티무트 페퍼를 해결하고 나니 스케치 속도가 빨라졌다. 페퍼 덕분에 살짝 날카로워진 향조는 치자 향의 연민으로 쓰다듬었다. 그런 다음에 봄 향기처럼 신선한 쥐똥나무 향 노트를 넣어 제라늄의 비하인드 향조 박하를 깨운다. 언뜻언뜻 스쳐가는 봄바람에 아련하게 따라오는 박하의 싱그러움.

아주 좋았어.

베이스노트는 몰약이 제격이다. 몰약은 전원적이자 목가풍의 분위기를 더해 주니 봄 장미 초원의 배경으로 그만이었다. 마무리는 오우드가 맡는다. 우디한 삼나무 향에 부드러움과 달달함까지 겸비한 신성한 향조. 몰약과도 잘 어울리는 매칭이었다.

오우드 또한 블랑쉬의 보석을 투하하기로 했다.

치자 향.

쥐똥나무 향.

포도군 노트와 감귤군 노트로 만든 티무트 페퍼.

오우드.

몰약.

직관의 즉흥 스케치가 끝나자 바로 샘플 조향에 들어간다.

풍성한 바로크풍을 만들고 간결한 꼴로뉴 타입도 시도한다. 몇 가지 샘플 조향이 끝나자 블로터에 찍어 풍력 터빈 형태로 생긴 블로터 홀더에 찌르고 차이점을 체크한다.

밤이 깊어 가지만 코와 눈은 더 명민해진다. 이제는 강토의 이름으로 나갈 향수들이었다. 향 분자 한 올 한 올을 쓰다듬으며 최상의 어코드를 맞춰 나갔다.

장미.

너무나 자연스러운 그 향…….

샐러드에 상한 채소 하나만 들어가도 맛을 망친다.

향 역시 한 방울이 좌우한다.

하늘에서 찍은 가을 산을 상상하면 쉽다. 붉게 타오르는 단풍이 있지만 노랑색에 핑크, 심지어는 초록과 갈색까지 섞여 있다. 그 아래에는 흙과 바위, 물, 온갖 곤충과 잡풀들까지 하나가 되어 풍경을 이룬다. 모두가 다르지만 거슬리지 않는다.

강토는 그들을 지휘하는 마에스트로다. 각각의 개성을 놓치지 않는다. 뒤섞는 게 아니라 연결한다. 대립과 대비, 조화와 견제, 신들린 컨트롤 속에서 향 분자들은 결코 겉돌지 않았고 저 홀로 튀거나 가라앉지도 않았다.

아침 해가 떠올랐을 때, 다락문을 연 할아버지는 다시 단을 수밖에 없었다.

무아지경, 물아일체.

강토를 표현할 수 있는 단어들이었다.

"후우."

작업이 끝나자 강토 입에서 폭풍 날숨이 밀려 나왔다. 해당화와 블랑쉬의 장미 향, 그리고 쥐똥나무와 치자 향의 완벽 어코드를 이룸으로써 긴 여정이 끝났다.

향은 만족스러웠다. 숙성 1주일 후에 또 확인하겠지만 좋은 향수의 기준으로 꼽는 잔향과 기품, 확산성, 지속성까지 다 탁월했다.

마이크로 피펫을 놓고 비로소 누웠다.

몇 초도 되지 않아 후각이 전격 반응을 했다.

할아버지 이외의 낯익은 체취…….

그 체취가 집 안에 머물고 있는 시간이 꽤 길었다.

큼큼.

방 시인이 아니다.

오 팀장이나 상미도 아니었다. 그 와중에도 손가락으로 머리를 다듬으며 일어섰다.

"안녕하세요?"

다락을 내려오는 강토에게 청아한 인사를 하는 건…….

중국 드라마를 마치고 돌아온 공현아였다.

*　　　*　　　*

"어머."

다락방에 올라선 공현아는 벌어진 입을 손으로 가렸다. 강토가 만든 새로운 향수 때문이었다. 어떤 향수인지는 시향 해 보지 않아도 알 것 같았다. 다락은 이미 재스민과 장미의 바다였다.

"이 방 자체가 향수의 천국 같아요."

"고마워."

강토가 답례를 했다.

"제가 숙면이 필요하잖아요? 방을 편백나무로 도배를 했거든요? 그 향도 오빠의 커맨드 센터 앞에서는 명함도 못 내밀겠네요."

"시향 해 볼래?"

"제가 감히요?"

"감히는? 사람들에게 사랑받으라고 만든 건데."

강토가 블로터 두 개를 내놓았다. 재스민과 장미였다.

"아하."

현아의 뼈 녹는 소리가 들린다. 톡 건드리면 무너질 정도로 긴장이 풀리고 있었다.

"괜찮아?"

"이런 호소력이라니……."

한 번 더 시향 한 후에야 말을 이어 놓는 현아.

"너무 좋아요."

눈물까지 글썽거린다.

"저 이거 나오면 꼭 사고 싶어요."

현아 눈이 찰랑거릴 때 귀여운 방해자(?)가 등장했다. 할아버지였다. 말없이 커피 두 잔을 다락에 올려 주신다.

"잘 마시겠습니다."

현아가 받아 들었다.

"중국에서 오빠 활동 체크하고 있었어요. 방송 출연과 금란백화점 빅 히트, 뉴욕 향수 이벤트, 그리고 보그지 장악까지."

그녀가 미국 보그 최신판을 꺼내 놓았다.

"어? 이게 벌써 나왔어?"

"어제 상하이 공항에서 구했어요. 따끈따끈하더라고요."

"그렇구나."

"비행기 안에서 몇 번을 읽었는지 몰라요."

현아가 잡지를 건네주었다.

강토가 지면을 넘겼다. 화면으로 인터넷판을 보던 것과는 느낌이 달랐다. 종이의 질감이 그렇고 색감과 구도가 그랬다. 잡지는 역시 실물이 최고였다. 종이와 어우러진 잉크 냄새까지 정답기만 했다.

인터넷판에서는 못 보던 사진도 있었다. 이벤트 장면들이다. 동영상에서 캡처를 한 것 같았다.

하지만.

"……?"

백미는 역시 스타니슬라스였다.

인터넷판에서 예고했던 '한 방'이 나온 것이다.

기체색층분석기를 이용한 강토 향수의 적나라한 고발(?)이었다.

「투박한 원석 그대로의 진품 향수」

소제목이었다. 센슈얼 판타지에 들어간 향료 전체를 분석한 것이다.

—유화제, 착향제, 고정제 등의 습관적 화학물질 전무

—21C 화학 향수에서 19C 천연 향수로의 회귀를 알린 초기 정통 향수의 재현

—습관적으로 화학 보조제 향수를 정착시킨 유럽 조향계에 경종

스타니슬라스 레포트를 요약하면 그랬다. 그런 다음, 각 향료의 비율에 대해 평했다.

—19C 최고 장인 정신의 부활 신호탄

—바로크 기법 속의 꼴로뉴, 꼴로뉴 기법 속의 바로크.

—잔향과 기품, 확산과 지속력의 황금비를 이룬 신의 어코드

강토의 시선은 이제 스타니슬라스 박사의 매조지 문장으로 건너갔다.

「영혼 없는 컴파운딩에 매몰된 유럽 조향사의 한 사람으로서 동양의 신성 '닥터 시그니처'에게 빛나는 경의를 표함」

감동은 그 아래의 참고 사항 표시에 또 드러났다.

※본 기체색층분석은 객관성을 위해 지보단과 피미니시, 프랑스의 공인 기관 등 세 곳에서 동시에 진행한 결과임.

지보단과 피미니시…….

피미니시는 메디치의 회사다. 두말할 것 없이 세계 최고의 향료 회사들. 논란의 여지를 막고 공인성에 못을 박아 버린 것이다.

'스타니 박사님…….'

강토 손에 경련이 일었다.

—스타니슬라스의 충격 선언.

예고편에 쓰인 단어는 단순히 독자들의 호기심을 자극하기 위한 떡밥으로 생각했었다. 그 예상을 뛰어넘은 것이다.

물론 센슈얼 판타지에 화학 보조제를 쓰지 않은 건 사실이었다. 하지만 이렇게 격찬해 줄 줄은 몰랐다. 몸 둘 바 모르게 스타니슬라스, 강토를 통해 자기반성까지 하고 있었다.

편리성에 매몰되어 조향사에서 컴파운딩 기술자로 추락하고 있는…….

짝짝.

현아가 박수를 쳐 주었다. 얼굴이 뜨끈해진 강토는 금세 반응하지 못했다.

"그걸 읽으면서 그 향수가 너무너무 궁금했어요."

"잠깐만요."

바로 일어나 남은 향수를 블로터에 뿌렸다.

"와아."

시향 하는 현아 얼굴에 햇살이 내린다. 잠든 연꽃을 깨우는 햇살처럼 환하게 펴진 것이다. 현아가 일어나 블로터를 햇살에 비춘다.

"굉장해요."

흥분 게이지가 올라간다. 기사를 제대로 읽었다. 온도가 올라가면 향이 조금 더 활성화되는 것도 기억하고 있었다.

"이 은빛 반짝임이 흰색 감귤 노트로군요. 그리고 뒹굴고 싶도록 포근한 향… 제가 아이리스는 약간의 트러블이 있지만 이건 느낌이 다르네요. 다사롭고 또 다사로운 이 느낌이 오시롤이군요?"

현아가 눈을 감는다. 그러더니 스르르 강토에게 안겨 버린다. 다리가 풀린 것이다.

"……"

그녀를 안은 채 그녀의 체취를 맡았다. 산소를 피할 수 없듯 냄새를 피할 수 없는 강토의 후각. 센슈얼 판타지 향에 섞인 그녀의 체취가 들어왔다. 그녀에게는 센슈얼 판타지가 반짝거리지만 강토에게는 현아의 체취가 반짝거렸다.

아련하다.

어느 봄날.

지표를 밀고 올라온 아지랑이가 증발되면서 사라지기 직전?

너무나 아스라하지만 한 가지는 알 수 있었다.

아델라이드.

그녀 체취를 닮았다는 것.

후각을 가다듬고 또 다른 사람의 체취를 소환시켰다.

메리언.

그리고 공현아.

둘 다 아델라이드의 체취가 나는 건 분명했다. 다만 메리언 쪽이 조금 더 강하다는 것뿐.

왜?

어째서 그럴까?

"어머."

강토 생각이 깊어질 때 현아가 향의 도취에서 벗어났다.

"죄송해요."

얼굴을 붉히며 몸을 바로 한다.

"아, 아니야."

강토가 손을 저었다. 아름다운 미녀가 휘청거릴 때 외면하는 남자는 없을 테니까.

"기사가 너무 낯 뜨거운데?"

강토가 화제를 돌렸다.

"아뇨. 오빠는 이제 시작인걸요."

"응?"

"윤희 이모가 그랬어요. 오빠는 세계 최고의 조향사가 될 거라고. 그 이모님, 나름 안목이 있으시거든요. 우리 기획사 대표님도 사업 초기에 끼 하나 보고 계약해 줬는데 이후에 승승장구해서 지금은 업계 세 손가락 안에 들잖아요."

공현아와 손윤희는 같은 기획사 소속이었다.

"그래서 나한테 큰 투자 했다는 말은 안 하셔?"

"그런 말은 없던데요?"

공현아가 목을 빼 든다.

손윤희.

속이 깊은 분이었다. 강토의 자존심을 고려해 절친인 공현아의 어머니에게도 하우스 일을 말하지 않은 모양이었다.

"그나저나 내 향수 발표회에 오면 잠깐 아이리스 모델 좀 부탁하려고 했더니 트러블이 있어?"

"뭐 쬐금일 뿐이니까요."

현아가 손가락 반마디를 짚어 보였다.

"잠깐만."

강토가 일어섰다. 와인 셀러에서 향수 하나를 골라 든다.

「농부르 띠미드」

그녀 몫으로 남겨 둔 그 향수였다.

"전에 향수바에서 약속한 거."

"와아, 그 약속 기억하세요?"

"그럼."

"저 이거 시향 해 봐도 돼요?"

"응, 이제는 제대로 익었을 거야."

강토가 블로터를 건네주었다.

치잇.

현아가 스프레이를 뿌렸다. 그녀는 다시 한번 취한다. 농부르 띠미드의 매력이라면 열 번 까무러쳐도 무리가 아니었다. 더구나 이제는 최고의 숙성에 도달한 향이었다.

"아, 이 향… 중국에서도 코끝에 아른거렸어요."

"……."

"이거 정말 저 가져도 되는 거예요?"

"응."

"고마워요. 전에 준서 오빠가, 오빠가 이 향수 주려고 저 찾는 거 같다고 할 때부터 마음은 한국에 와 있었어요."

"준서 형 만났어?"

"아, 아뇨."

대답하는 현아의 표정이 미묘하게 변한다. 표정만 아니라 체취도 그랬다.

"준서 형, 무슨 일 생겼지?"

"아, 아뇨. 무슨 일은……."

"말해 줘. 미안하지만 체취로 알 수 있어. 현아가 뭔가 숨기고 있다는 거."

"체취가 그런 것도 말해 줘요?"

현아가 울상을 지었다.

"응."

강토가 고개를 끄덕거렸다.

"아……."

현아가 다시 기대 왔다. 피하지 않고 가만히 있었다.

"오빠."

현아가 고개를 들었다. 샘물 같은 눈망울에, 립밤으로 터치한 입술, 고급 수분제 히알루론산에 일랑일랑의 향을 가미한 보습제 향까지 더하니 잠시 아찔한 강토였다.

"오빠."

코앞의 현아가 조금 더 가까워진다.

"……."

"준서 오빠에 대해 얼마나 아세요?"

"무슨 뜻이야?"

"준서 오빠, 거의 폐인이 되었대요."

"무슨 소리야? 나 미국에서 귀국할 때만 해도 차를 가지고 와서 준비 중인 매장까지 보여 주었는데?"

"아무튼 그래요."

"현아."

"죄송해요. 제 입으로 할 말은 아니라서……."

현아가 고개를 떨군다. 박준서, 신변에 심각한 문제가 생긴 모양이었다.

"형 지금 어디 있어?"

"오빠……."

"무슨 일인지 알아야겠어. 나한테 매장 향수 부탁한 것도 있거든."

"……."

"어디 있는지 알지? 전화도 카톡도 다 안 되고 있어."

"저는……."

"부탁해. 어디 있는지만 알려 줘."

"몰라요. 저도 몇 번 연락해 봤지만 되지 않았어요. 외국으로 나갔다는 말도 있고……."

"현아……."

"미안해요. 준서 오빠에 대해서는 여기까지만……."

그녀가 시선을 피한다. 그래서 더 물어보지 못했다. 그녀의 친오빠도 아니었다. 강토가 넋을 놓자 그 팔을 당겨 가벼운 키스를 해 주는 현아.

그녀는 알싸한 입술 향을 남기고 돌아갔다.

"이거냐?"

할아버지가 새끼손가락을 세워 보였다. 옛날에는 여자 친구나 애인을 저렇게 표시했단다.

"요즘 뜨는 연예인이에요."

"사랑할 때는 신분 따위 소용없지. 콩깍지라는 건 한번 씌면 끝장이니까."

"저랑 어울려요?"

"우리 강토가 밑지지."

"콩깍지는 할아버지 눈에 씌었나 봐요. 다른 사람들은 다 반대로 말할걸요?"

"저 친구가 인기 있는 연예인이라서?"

"네."

"저 여자 팬이 몇 명인지는 모르지만 네 향수는 그보다 더 많은 사람들의 마음을 사로잡을 거다. 그럼 계산 나오지?"

"저 좀 나갔다 올게요."

"데이트냐?"

"아니라니까요."

"그럼 잠깐만 기다려라."

"왜요?"

"글쎄… 곧 올 거다."

할아버지가 시계를 보았다. 그때 대문 밖에서 경적 소리가 들렸다.

빵빵.

“어이쿠, 온 모양이다.”

할아버지가 문으로 뛰었다. 그 문이 열리자…….

“……?”

강토 시선이 잠시 멈췄다. 미모사나 일랑일랑 생화보다 더 노란 폭스바겐의 방개차 더 비틀이었다.

“할아버지?”

할아버지를 돌아보았다. 사우디와 예멘, 그곳에서 할아버지의 애마 역할을 하던 차였기 때문이었다.

“노노, 내 차가 아니라 네 차, 졸업에 더불어 창업 선물이다. 바쁘게 뛰려면 차는 한 대 있어야지.”

“네?”

“나 시에다 면허 반납하고 위로금 받은 거 알지? 그러니까 잔소리 말고 접수해라.”

“할아버지…….”

“단종이 어쩌고 하길래 겨우 구한 거야. 네가 예멘에서 그랬잖냐? 나중에 면허 따면 이 차 꼭 살 거라고.”

“할아버지…….”

“가게도 다른 사람이, 인테리어는 네 작은아버지가… 뭐 따지고 보면 내 전시회 성공시켜 준 스폰서인데 체면이 서야 말이지."

"할아버지."

"네 이름으로 등록했으니까 타고 나가라."

할아버지가 키를 던져 주었다.

"할아버지……."

강토가 할아버지 품에 안겼다.

"어헛, 역시 돈이 좋구나. 뻣뻣한 우리 강토가 냄새나는 내 품에도 안기고……."

"아, 진짜 이러실 거예요?"

"강토야."

볼멘소리를 내는 강토와 달리 할아버지 목소리는 더 살가워졌다.

"예."

"할아비 품이라 부족한 게 많았을 텐데 잘 자라 줘서 고맙다."

"……."

"하지만 앞으로는 더 잘 자라야 해. 남자라면 꿈을 제대로 이뤄야지."

"알았어요."

"잠깐만."

강토 코가 시큰해지자 할아버지가 안으로 뛰었다. 잠시 후에 돌아온 할아버지 손에는 오색실을 감은 북어가 들려 있었다.

"원래는 흰색 실을 감는다는데 너는 향수 전문가니까 오색이야. 동의?"

"네."

강토가 고개를 끄덕이자 할아버지가 트렁크 구석에 고정시켰다.

"그럼 출발, 100년 무사고 보장이다."

할아버지가 손을 털었다.

"고맙습니다. 잘 타겠습니다."

인사를 하고 노란 방개차에 시동을 걸었다.

골목으로 나오면서 보니 방 시인이 보였다. 어떤 스님과 함께였다.

"안녕하세요?"

"닥터 시그니처? 차 뽑았어?"

"할아버지가 뽑아 주셨어요."

"너무 귀엽다. 어디 가는 거야?"

"네, 볼일이 좀 있어서요."

인사를 마치고 도로에 들어섰다. 폭스바겐 방개차에는 할아버지와 강토의 중동 추억이 깃들어 있다. 그렇기에 람보르기니 등이 부럽지 않았다.

서대문을 지나며 준서에게 전화를 걸었다. 역시 받지 않는다. 차는 오래지 않아 준서의 가게 앞에 도착했다.

"……!"

차에서 내린 강토가 경악을 했다. 가게는 그 자리에 있었다. 하지만 거의 폐허였다. 상가 유리는 깨지고 내부 장식들도 절반 이상 박살이다.

'준서 형…….'

대체 무슨 일이 생긴 걸까?

*　　　*　　　*

준서를 잠시 잊었다.

현아와 메리언에게서 풍기던 기묘한 체취도 내려놓았다.

봄이 되면서 강토는 향수에 미쳐 살았다. 하루 24시간이 모자랄 정도였다. 가의도에 꽃이 피자 상미와 함께 내려갔다. 그곳 환경을 둘러보고 봄꽃의 향부터 추출했다. 처음 보는 꽃이 많아 아침부터 해질 무렵까지 산과 들에서 살았다.

좋은 향을 만나면 행복해진다.

흐음.

숨이 막힐 때까지 코로 향을 먹었다.

이 향은 과식을 해도 배가 터지지 않는다. 비만 걱정도 없다. 꽃의 향은 날것이지만 강토는 알고 있다. 이 향이 향수가 되었을 때 어떤 모습이 될지. 초벌, 재벌, 삼벌로 이어 가며 고민하는 조향사들에 비하면 빛나는 축복이 아닐 수 없었다.

다인에게 추출실을 지어 주었다. 다인은 겨우내 유지 선별법을 깨우친 후였다. 이제는 눈을 감고도 소와 양, 돼지의 유지를 구분할 줄 알았고 그 유지에서 고퀄을 가려낼 줄도 알았다.

한 달 이상 그곳에 머물렀다. 바닷바람을 머금은 소나무에서 푸른 이끼를 채취해 향을 추출하고 향이 강한 만년송 향도 증류를 했다. 귀한 눈향나무도 만났으니 다인의 아버지 덕이었다. 이 향은 굉장히 맑고 시원해 시트러스 노트나 베이스 노트로 써도 될 것 같았다.

남쪽이라 대나무도 많았으니 진귀한 죽실도 보았다. 껍질을 벗기니 쌀처럼 보이는데 맛이 무척 향기로웠다. 라이스 노트를 대신하거나 함께 쓰면 참신할 향이었다.

목마른 중간에 만난 약수도 반가웠다. 이 물은 굉장히 달고 향까지 풍겼다.

제비꽃 향이 밴 샘물.

물을 마시며 생각했다. 그 샘물을 마시면 피로를 잊고 젊어진다는 말이 있었다. 판타지에나 나오는 말이거니 했는데 독특한 샘물을 마시니 어딘가 존재할 것도 같았다.

"제비꽃 향이 나는 샘물? 내가 한번 찾아볼게."

다인은 강토 말을 흘려듣지 않았다.

알람빅 가동에 냉침법까지 펼쳐지니 다인의 집은 봄 향이 가득했다. 한국 야생화에 해박한 그녀 아버지의 조언도 큰 공부가 되었다.

1등: 매화, 국화, 연꽃, 대나무

2등: 모란, 작약, 파초, 해류

3등: 치자, 동백, 사계화, 종려나무, 만년송

4등: 서향, 포도, 귤, 소철

5등: 장미, 해당화, 석류, 복숭아꽃, 수양버들

6등: 진달래, 살구, 백일홍, 오동, 감

7등: 정향, 목련, 앵두, 배, 단풍

8등: 무궁화, 옥잠화, 봉선화, 석죽, 두충

9등: 해바라기, 창포, 금잔화, 전추라, 화양목

저녁이면 꽃의 일화를 들었다. 그는 설총의 화왕계부터 강희안의 꽃 품계까지 모르는 게 없었다. 모란은 노란 꽃이 붉은 꽃에 앞선다든지 국화는 봉선화를 하인으로 거느린다는 등의 일화도 재미있었고 진짜 감국을 구분하는 법도 유용했다.

"먹어 봐서 달면 진짜 감국이고 쓰면 쑥이다."

감국에 대한 정의였다. 강토에게야 문제가 되지 않지만 다인에게는 산 교육이 따로 없었다.

그 밤에 찐 매화 향도 감상했다. 귀한 납매를 구해 왔는데 짙은 노란색 꽃에서 풍기는 향이 맑고 고왔다. 단박에 방 안에 향이 그득해진 것이다.

"최고의 난초는 한 가지에 하나의 꽃이 피고 향이 풍성하지만, 한 가지에 너댓 개 이상의 꽃이 피면 향이 약해."

야생화를 전문으로 재배한 까닭에 강토의 후각만큼은 아니었지만 꽃을 보는 눈이 높았다.

가의도 생활은 강토에게도 재충전이었다. 그곳은 축소판 그라스였다. 봄꽃의 향기와 바다 내음들, 분위기는 다르지만 그라스의 축소판으로 불리기에 충분했다.

그렇다고 모든 꽃이나 풀, 나무가 향수의 노트가 되는 건 아니었다. 향기 물질은 반드시 휘발성이 있어야 했다. 휘발성이 있으려면 분자량이 작아야 한다. 분자량이 작아도 친수성이 강하면 향보다 맛 성분이 적합하다. 기름에도 잘 녹아야 한다. 좋은 향의 성분으로 낙점되려면 탄소수 8—10개를 가지는 것이 이상적이었다.

추출 작업이 끝난 저녁이면 신작 제목의 의견을 나누었다.

"재스민은 하얀 질식 어때?"

시적 감각이 좋은 상미가 선수를 치고 나간다.

"좋다. 나는 재스민 찬가."

다인도 아이디어를 짜낸다.

"글로벌로 가려면 우아 in 아련."

상미는 막힘이 없다. 그녀의 언어 감각은 정말…….

"그거 죽인다. 우아 in 아련, 줄여서 우인아."

다인이 환호했다. 이 작명법이 마음에 들었으므로 장미 역시 For 수고한 나로 정했다. 모두 상미 작품이었다. 다만 아이리스만은 블랑쉬라는 옵션을 걸어 팬터지 on 블랑쉬로 정했다.

상미의 작명은 단순한 시적 감각 덕분이 아니었다. 그녀가 공개한 노트북의 데이터베이스가 증거였다. 그 안에는 네임드 향수를 시작으로 1만여 종에 달하는 향수의 이름과 뜻이 저장, 분석, 분류되어 있었다.

"갓상미."

다인은 거의 항복 수준이었다.

밤낮으로 거듭되는 영감들은 강토의 자양분이 되었고 향수가 되었다.

그 역량은 백화점 봄 정기 세일에서 극명하게 드러났다. 강토의 향수를 세팅한 금란백화점은 경쟁 백화점들이 매출 신장에 고전하는 사이에 전년 대비 230% 신장이라는 초대박을 터뜨렸다.

금란백화점은 업계의 주목을 받았고 결국 마케팅 비기가 누설되었다. 그 중심에 강토의 향수가 있었던 것이다.

소문은 빨랐고 업계의 행동도 빨랐다.

박광수 회장의 감사 전화를 끊기 무섭게 놀라운 손님이 방문을 했다. 그 먼 남쪽의 가의도까지.

"안녕하세요?"

세련된 정장의 여자였다. 그녀의 명함에는 L 백화점 판매 본부장 나수정이라는 이름과 직함이 박혀 있었다.

하지만 그녀는 다인에 의해 바로 축출(?)되었다.

"향수 뿌리셨군요? 나가 주세요."

다인이 문을 가리켰다. 향 추출을 할 때 화장이나 향수는 금물이었다.

"무슨 일로 오셨죠?"

잠시 후에 강토가 나왔다.

"물어물어 여기까지 달려왔습니다. 잠깐 시간 좀 내주시죠."

"말씀하세요."

"실은 매장 관리 향수 때문에 왔습니다만."

"백화점 말인가요?"

"금란백화점 매장 관리 향수 만드셨다고요?"

"그렇습니다."

"여기가 작업장인가요?"

"작업장의 일부입니다."

"단도직입적으로 말씀드립니다. 저희 백화점 향수도 좀 맡아 주세요. 대우는 최고로 해 드리겠습니다. 우리 백화점이 한둘이 아니니 이것만 하셔도 괜찮은 매출이 될 겁니다."

"죄송하지만 지금은 여력이 없는데요?"

강토가 사양했다. 진짜 그랬다. 지금은 가을이나 겨울로 예정한 신작 발표회에 몰두하기도 바쁜 몸이었다.

"그럼 계약만이라도……."

"그건 별로 내키지 않습니다. 빚지는 것 같아서요."

"금란백화점과의 신의 때문에 그러는 건가요?"

"그렇기도 하지만 향수는 공산품처럼 찍어 내는 것이 아니니 욕심내지 않을 뿐입니다."

"그러시면 저희 본점만이라도… 거긴 금란백화점과 경쟁 상권이 아닙니다."

"곤란한데요."

"부탁합니다. 회장님은 외국 조향사를 찾아보라고 하셨는데 제가 고집해서 여기까지 왔습니다. 저도 한때 조향을 공부했었거든요."

"그래요?"

강토가 촉을 세웠다. 조향, 언제 들어도 외면할 수 없는 단어였다.

"일본 조향 학원을 수료했습니다. 실력이 변변치 않아서 화장품 기획 쪽으로 빠졌죠. 그때 인연을 맺은 선민대 이창길 교수님께 조언을 구했더니 선생님을 추천하더군요. 그 어떤 외국 조향사 못지않은 기대주라고……."

"이 교수님이요?"

"원하시면 지금 전화 연결시켜 드릴 수도 있습니다."

"아닙니다. 그렇게까지는……."

"부탁합니다."

"분점은 어디 어디 있나요?"

"전국에 다 있죠. 서울에서 제주까지."

"그러시면 부산 것만 맡아 보겠습니다."

"기왕 하나만 할 거라면 본점이 좋은데요?"

"그건 금란백화점에 대한 예의가 아니라고 봅니다. 경쟁이 될 테니까요."

"……."

"나아가 두 가지는 보장해 주셔야 합니다."

"말씀하세요."

"첫째, 향에 대한 전권입니다."

"그건 당연히 보장하죠."

"본부장님이 자리를 옮기시면요?"

"죄송하지만 제가 L 백화점 총수 장남의 장녀입니다."

"아, 네……."

"또 하나는요?"

"금란백화점에서는 연간 매출액의 0.1%이나 매출 신장액의 5% 둘 중 하나를 받기로 하고 있습니다. 그 조건보다 내려가면 안 됩니다."

"부산 분점만 따지면 금란백화점의 절반에도 미치지 못하니 0.2%에 매출 신장액 6%로 대우해 드리겠습니다."

"그 향을 다른 분점으로 옮기면 안 됩니다. 본점이든 어디든."

"그렇게 하죠."

"이상입니다."

"새 향수를 만들고 계시다던데 원하시면 발표회 장소도 마련해 드릴 수 있습니다. 우리 전국 백화점 네트워크 중에서 어디든 가능합니다."

"죄송하지만 그건 이미 결정이 되었습니다."

"아쉽네요. 그럼 나중에라도 기회를 주시기 바랍니다."

"고려해 보죠."

강토가 답했다. 이렇게 해서 L 백화점의 분점 향수도 책임지게 되는 강토였다.

"방금 본 거… 냉침법이죠?"

계약서 사인이 끝나자 나수정이 물었다.

"아시네요?"

"대단하네요. 저희 백화점에 들어오는 외국 향수는 말할 것도 없고 니치 만드는 국내 조향사들도 죄다 콘센트레이트를 사다 쓰는 것으로 알고 있는데……."

"조향사가 다 같을 수야 없지요."

"그 나이에 인정받는 데는 다 이유가 있었군요. 그럼 저희 향수는 언제 받을 수 있을까요? 가급적 빠를수록 좋은데요?"

"제가 곧 서울로 갈 겁니다. 가서 원료 확보하고 만들기 시작하면… 가을이나 겨울쯤 되어야 받으실 수 있을 겁니다."

"알겠습니다. 그럼 서울 오시는 대로 연락 주세요."

나수정은 깍듯한 인사를 두고 떠났다.

"L 백화점 판매 본부장?"

명함을 본 다인과 상미 눈이 휘둥그레졌다.

"그럼 이제 L 백화점 매장 향수도 맡는 거야?"

상미가 물었다.

"부산 분점 것만."

대박.

감탄사가 이어진다.

이후로 다른 백화점의 연락을 세 번이나 받았다. 정중하게 사양했다.

강토는 흥분하지 않았다. 하얀 길마가지꽃을 유지 위에 뿌린다. 이제 세 번째 작업. 유지에 물들어 가는 길마가지꽃의 향이 너무 좋았다. 다음 차례는 생강꽃이다.

생강꽃 향수도 있냐고?

당연히 있다. 그중의 하나가 '상하이'다. 만약 없다면 만들면 그만이다. 향수라는 건, 어떤 어떤 것만 만들라고 정해진 게 아니었다.

길마가지꽃 향기가 한지를 물들이듯 아련하게 번지기 시작했다. 향을 추출하면서도 향에 물든다. 야생화에서 아쉬운 점은 단 하나, 양이 턱없이 적다는 것.

그래서 더 애착이 가는 향이었으니 한 송이 한 송이에 정성을 다했다.

*　　　*　　　*

4월 말, 인사동의 커맨드 센터 '블랑쉬 하우스'가 완성되었다. SS병원에서 조기암 환자 여섯 명을 찾아 준 다음 날이었다. 두 달에 한 번 정도 가는 SS병원의 후각 조기암 진단은 이제 완전 정착 단계였다. 비글들과 함께 인터뷰도 했다. 강토의 성장처럼, 비글은 이제 성견이 되어 가고 있었다.

하우스는 정식 오픈은 하지 않고 지인들 위주로 조촐한 기념식을 가졌다. 할아버지와 방 시인, 손윤희와 은나래, 우영자, 그리고 현아 등이었다.

현아는 촬영 중에 오느라 분장도 다 지우지 못했다. 이번에는 새로운 도전으로 좀비 영화를 찍는 중이었다. 기타 라파엘과 이창길, 유쾌하와 오 팀장도 오고 박광수와 심영화, 황남조 시인 등도 초대를 했다. 작은아버지와 마장동의 권혁재, 장규희 피디와 서나연 기자 등을 부른 건 물론이었다. 준서는 이때까지도 연락이 되지 않았다.

백미는 라파엘이었다.

이날 라파엘은 하우스 앞에 먼저 와서 강토를 기다리고 있었다. 손에는 포인세티아가 풍성했다.

"교수님."

놀란 강토가 차에서 뛰어내렸다.

"축하하네."

"교수님, 제가 시간을 잘못 알려 드렸나요?"

"아니, 주제넘게도 제일 먼저 자네를 보고 싶었네."

"교수님……."

"받으시게. 포인세티아의 꽃말이 축복인 거야 설명 안 해도 될 테고."

라파엘이 꽃다발을 건네주었다.

"교수님."

시작부터 강토 코가 맹맹해졌다. 너무 바빠서 소홀했던 라파엘. 이렇게까지 신경 쓰고 있을 줄은 몰랐던 강토였다.

"원더풀."

안으로 들어서자 그가 감탄을 토했다. 그의 놀람은 수준이 아니라 동선이었다.

"작지만 최적화된 하우스로군. 누구의 조언이었나?"

"예… 그라스 장인의 팁을 얻었습니다."

강토가 답했다. 블랑쉬의 경험치대로 설계한 동선. 라파엘은 알아보고 있었다.

찰칵.

조향 오르간에 라파엘을 모시고 기념 촬영을 했다.

"자네는 최고의 조향사가 될 걸세. 대한민국이 아니라 세계적으로."

라파엘의 격려는 따뜻했다.

이후로 하객들이 몰려들었다. 손윤희와 현아도 왔다. 손윤희에게는 각별한 인사를 챙겼다.

찰칵.

오르간에 손윤희를 모시고 두 번째 기념 샷을 눌렀다. 하우스는 10,000% 그녀의 덕이었다.

"준서 오빠?"

현아까지 인증 샷이 끝났을 때 슬쩍 그녀에게 소식을 물었다. 그녀 표정이 어두워졌다.

"미안. 그 후로 연락이……."

전과 같은 대답이다. 정말 외국으로 뜬 모양이었다.

—언젠가 쇼콜라티에의 거인이 되어 돌아오겠지.

찜찜하지만 큰 걱정은 하지 않았다. 돌연한 상황이 궁금하기는 해도 그는 쉽게 무너질 사람이 아니었다.

하우스의 구조와 실내장식은 강토가 봐도 환상이었다. 한국적 조향을 뼈로 느끼도록 승화시킨 구조였다. 매장 겸 전시장의 선반 하나하나마다 신경을 썼고, 기둥이나 벽은 소나무나 편백나무로 친근감을 더했다. 한쪽 벽면은 대형 화면을 걸어 향수 관련 영상을 틀 수 있도록 구성했다.

매장의 포인트는 창가에 설치한 알람빅이었다. 장미수를 추출 중이었다. 장미수에는 꽃보다 꽃잎이 많이 들어간다. 정식 개업을 하면 날마다 돌릴 생각이었다. 데일리 서비스로 쓸 생각이었다.

그래도 압권은 강토의 조향 오르간.

"와아."

문을 열면 누구나 압도되고 만다.

할아버지를 필두로 모두가 오르간 앞의 의자에 앉아 기념사진을 찍었다. 심지어는 향수 전문기자인 나수연과 박혜란 부장까지.

몇 가지 향수를 공개하고 기념품도 증정했다. 남쪽에서 미리 가져온 아카시아와 꽃잔디, 조팝나무와 라일락으로 만든 미니어처와 디퓨저 등이었다. 새로 만든 향들은 안정성 검사와 독성 검사부터 필했다. 학생 때는 몰라도 제품이 될 때는 필수적인 과정이었다.

"아오, 그래서 신상 향수 발표는 언제 하는데? 줍줍하고 싶어서 미치겠네."

우영자는 좀이 쑤시는 모양이었다. 인스타에 올릴 사진 촬영을 하기 무섭게 몸서리를 쳤다.

"애, 향수가 붕어빵인 줄 아니? 좀 진득하게 기다리자."

손윤희가 연륜으로 우영자를 눌렀다.

강토 향수에 대한 갈증은 오 팀장이 전한 낭보가 위로가 되었다. 센슈얼 판타지와 달빛 연가의 출시일이 결정된 것이다. 바로 다음 달이었다.

하객들을 배웅하고 난 후였다. 상미까지 보내고 돌아서는

데 낯선 목소리가 날아왔다.

"여기 향수 만드는 곳인가요?"

돌아보니…….

휠체어를 탄 소년이었다. 열다섯 아니면 열여섯? 얼굴이 박꽃처럼 부드럽다. 하지만 강토의 관심은 얼굴에 있지 않았다. 이 아이, 무릎 아래의 두 다리가 없었다. 뉴욕에서 만난 베티처럼.

"향수 좋아하니?"

강토가 조심스레 물었다.

"우리 엄마가 좋아하던 향수 냄새가 나는 거 같아서요."

아이는 의족을 찬 상태였다. 표정은 밝았다. 활짝 핀 목련처럼.

"엄마가 무슨 향수를 썼는데?"

"재스민 향수요. 이 안에서도 나네요."

아이는 코를 킁킁거리며 말을 이었다.

"향수 이름은 몰라요. 내가 여섯 살 때 천사가 되었거든요."

천사.

어머니의 죽음을 미화할 줄도 아는 소년이었다.

"너도 향수 좋아해?"

"네, 좋은 향수 한 병 갖고 싶어요."

"뭐 하게?"

무심코 물었다. 그런데 아이의 대답이 강토를 심쿵하게 만들었다.

"엄마 납골에 갖다 드리게요. 거기서 나는 매캐한 향내보다 좋을 거 같아요."

"……."

"학생?"

"네, 저 이래 봬도 장애인 아이스하키 선수에 모델도 해요."

"아이스하키? 대단한데?"

"감사합니다."

"모델은 어떤 모델?"

아이가 호감을 잡아당긴다. 체취 때문이다. 우유 향의 체취에는 악의가 하나도 없었다. 분위기만 보면 베티와 반대쪽이다. 에너지로 가득 찬 베티와 달빛처럼 고요한 소년. 그게 흥미로운 강토였다.

"패션모델요."

"런웨이 워킹도 하는 거야?"

이 질문 역시 순전히 베티의 기억 때문이었다.

"거기까지는 아니고요, 휠체어 타고 사진 몇 번 찍었어요."

"모델비도 받았고?"

"그냥 알바였어요. 그래도 모델은 모델이잖아요."

오, 이 아이, 마인드도 S급이었다.

"미안한 질문인데 걸을 수는 있어?"

"조금 서투르기는 한데 할 수 있어요. 보실래요?"

아이가 동영상을 호출한다. 텅 빈 학교 복도에서 혼자 연습하는 광경이다. 여기서는 첨단 의족 기구를 착용했다. 워킹은 조금 불안정하지만 두 다리가 없는 걸 생각하면 훌륭했다.

"너, 내 향수 모델 한번 해 볼래? 그럼 재스민 향수 한 병 준다."

"정말요?"

"그것도 거창한 건 아니야. 향수 뿌리고 조금만 걸어 주면 돼. 우선 이것부터 보고……."

강토도 동영상을 호출했다. 뉴욕 패션쇼장의 베티였다. 베티의 의족은 태홍의 그것과 크게 다르지 않았다.

"와아, 굉장한데요? 얘는 진짜 모델이잖아요?"

아이가 자극을 받는다.

"내가 보기엔 너도 잘할 거 같은데?"

"정말요?"

"응, 이래 봬도 내 후각이 엄청나거든. 너한테서 불굴의 의지라는 냄새 분자가 느껴져."

"사실 제 닉네임이 '사기캐'지만 저도 후각은 좋아요. 형에게서 좋은 사람 냄새가 나요."

"그래?"

후각이 좋다는 말은 흘려들었다.

"잘하면 베티랑 커플 모델도 시켜 줄 수 있어."

"베티? 얘 이름이에요?"

"프랑스 사는데 내가 부르면 올 거야."

"이제 보니 형이 아니고 선생님이시네요. 유명하신가 봐요?"

"이제부터 유명해질 사람."

"저 할게요. 재스민 향수 필요하거든요."

"약속한 거다?"

"네, 선생님, 제 이름은 우태홍이에요."

"난 윤강토."

강토가 손을 내밀었다. 태홍이 당차게 잡는다. 강토는 진심으로 바랐다. 이 아이의 긍정이 작품 발표회 때까지 이어지기를. 강토의 발표회에는 향수 못지않게 사람 향이 필요했다. 순수와 열정, 그 두 가지 체취를 풍겨 줄 사람이.

그렇게 봄이 지나가고 여름이 지나갔다.

이때부터 압착법도 병행했다. 압착법의 향료들은 대개 시트러스와 에센셜 오일용이었다. 증류법으로도 다루기 어려운 과일 껍질에서의 오일 추출이었다.

사실 과일에서 얻는 향은 휘발이 빠르다. 합성향료를 사서 쓰는 게 더 효과적이었다. 그렇게 가벼운 노트였지만 강토는 그 휘발을 늦추는 법을 알았다. 그렇기에 압착법도 가리지 않았다.

그리고.

마침내 첫 작품 발표의 그날이 도래했다.

장 피디를 위해 만들었던 월하향 하트 노트의 '달빛 속삭임'.

농부르 띠미드의 재현 향 '하얀 유혹'.

손윤희의 짝꿍 향수로 수선화를 하트 노트로 내세운 순수의 결정판 '두근두근 설렘으로'.

은나래의 뮤게 노트 '마종뿌—마음에 뿌리는 종소리'.

회심의 신상 1탄 재스민 단일 노트 향 '우아 in 아련'.

신상 2탄 장미 단일 노트 향 'For 수고한 나'.

신상 3탄 아이리스 단일 노트 향 '팬터지 on 블랑쉬'.

공개할 작품은 총 7종이었다.

예행 연습에 벽면의 화면 영상까지 체크를 마친 후에야 강토와 상미, 다인이 테이블에 마주 앉았다. 가의도의 다인도 겨울에는 추출 일이 없으니 오픈을 돕기 위해 올라와 있었다.

테이블 위에 향수병들이 가득하다. 병은 일곱 색깔을 머금었다. 뚜껑은 이번에도 삼나무 재질이었다. 시향 향수의 판매 버전은 100*ml* 용량에 각 50병으로 맞췄다. 나머지 50병은 다음 날 금란백화점 특별전에서 공개할 예정이었다.

명사와 기자 등등에게 보내는 샘플용 미니어처는 발송이 끝난 후였다.

—향수 유튜버 생중계 체크 완료.

—오픈식 준비 상황 체크 완료.

―초대 손님과 현장 모델, 타임 스케줄 체크 완료.

―기자 초대장 발송 완료.

―현장 소품들, 그리고 긴 망토 두 개와 글라디올라스 꽃잎을 닮은 여리여리 레이스 체크.

완료.

완료.

다인과 상미의 보고가 숨 가쁘게 이어졌다. 강토가 꿈꾸는 향의 제국. 그 베일을 벗을 순간이었다.

*　　　*　　　*

이른 아침, 하우스 앞에 노란 방개차가 도착했다. 차에서 강토가 내렸다. 그런데 강토보다도 먼저 와 있는 사람이 있었다. 두 다리가 없는 태홍이었다.

“선생님.”

“우태홍?”

강토가 시선을 들었다.

“좋은 아침이죠?”

“언제 온 거야?”

“방금요.”

“10시까지 오라고 했잖아?”

“좀이 쑤셔서요. 잠도 안 오고…….”

"걷는 연습은 좀 했어?"

"보여 드려요?"

태홍이 두 손을 짚더니 바로 텀블링을 선보인다. 베티가 했던 그 동작이었다.

"너……."

"유튜브에서 그 패션쇼 동영상 구해서 봤어요. 그 여자애가 이거 또 할지는 모르지만 지고 싶지 않거든요."

"헐."

"더 걸어 봐요?"

자유롭게 걷던 태홍이 돌아보았다. 안정감 있는 걸음이다. 그사이에 연습을 많이 한 모양이었다.

"부모님에게는 말하고 나온 거야?"

"선생님이 인증만 하면요."

태홍이 핸드폰을 들어 보였다. 강토가 어깨를 으쓱해 보이자 바로 카톡을 날린다.

"허락 떨어졌어요."

카톡으로 날아온 답문을 보여 준다. 또 한 번 '헐'이었다.

그런데.

놀라운 일은 태홍만이 아니었다. 대문을 여는 순간, 낯익은 체취가 또 있었다. 상미와 다인이었다.

"뭐야?"

매장 앞에서 강토가 걸음을 멈췄다. 선반과 전시대를 정비하던 상미와 다인이 돌아보았다.

"닥터 시그니처."

"뭐냐고 물었잖아?"

강토가 안으로 들어섰다.

"보다시피 청소 앤 준비."

상미가 답했다.

"집에들 안 갔지?"

"안 갔으면 오버타임 수당 줄 거야?"

"배 실장."

강토 목청이 살짝 올라갔다. 둘의 공식 직함은 이제 실장이었다.

"걱정 마. 잠은 닥터 시그니처의 매트에서 대충 잤으니까."

"미치겠네. 그냥 좀 일찍 오면 될 걸, 왜?"

"그러는 닥터 시그니처께서는? 너무 일찍 왔다고 생각 안 해? 오너가 이렇게 부지런 떨면 일하는 사람들 고달파."

상미와 다인이 동시 견제구를 날린다. 이제 겨우 아침 7시를 넘었다. 강토는 할 말이 없었다.

"게다가 모델은 왜? 모델은 푹 자야 피부가 좋은 거 몰라?"

"태홍이는 내가 데려온 게 아니고……."

"우태홍, 너 밥 먹었냐?"

상미가 강토를 패싱했다.

"오늘 같은 날은 밥 안 먹어도 돼요."

"미안하지만 오늘 같은 날은 밥심으로 일해야 하거든. 대표님, 기왕 이렇게 된 거 아침이나 먹으러 가죠. 보나 마나 대표님도 밥 안 먹고 왔을 테니."

"으음, 콜."

강토가 의견을 받아들였다. 금강산은 21C에도 식후경이었다.

맛죽집에서 담백한 죽으로 배를 채웠다. 향수를 취급해야 하니 냄새가 강한 메뉴를 피한 것이다. 하우스로 돌아오니 화환들이 답지하기 시작했다. 1등은 뜻밖에도…….

상미와 다인이었다.

"배 실장, 권 실장."

강토가 두 사람을 불렀다.

"우리도 윤강토 대표 진심 축하하고 싶었거든."

두 사람이 웃는다. 그 표정이 너무 진지하니 더는 말하지 못하는 강토였다.

"아, 진짜… 아무튼 고맙다."

말하는 사이에도 화환은 쌓여 갔다. 손윤희가 2등을 먹고 공현아가 3등을 먹었다. 아네모네와 L 백화점의 화환이 오고 금란백화점에서도 왔다. 은나래와 우영자 등의 연예인 화환도 한둘이 아니었다.

강토의 도움을 받은 SS병원 측에서도 화환을 보내왔다. 주디와 제이미에 장 피디, 황남조와 방 시인의 것도 한 자리를 차지했다.

진짜 꽃이 온 것은 오픈 예정을 한 시간 앞두고였다. 알람빅에서 장미수를 내리고 있을 때 강토 후각에 테러에 가까운 체취가 들어왔다.

'메리언?'

벼락처럼 뒤돌아보았다. 그녀는 초청 인사 명단에 없었다. 마음 같아서는 초대하고 싶었지만 뉴욕에 사는 그녀였기에 차마 실행하지 못한 것이다.

그런데.

믿기지 않게도 그녀가 서 있었다.

"닥터 시그니처."

동행한 여자가 먼저 강토에게 뛰어왔다. 두 발이 없어도, 두 발이 있는 사람보다 더 빠르고 날렵한 베티. 두 발을 대신하는 블레이드 러너가 어느 때보다 힘차게 움직였다.

"베티."

강토가 그녀를 안았다.

쪽.

베티의 키스가 이마에 추억을 찍는다.

"보세요, 누가 같이 왔는지."

베티가 뒤를 가리켰다.

"메리언……."

강토 목소리가 안개처럼 감긴다. 느닷없이 느낀 그녀의 체취가 뇌 속에서 몽환을 일으킨 까닭이었다.

"초대장 없이 왔으니 돌아가야 할까요?"

"아뇨. 그게 아니라……."

"베티가 연락을 해서 알았어요. 며칠 후에 도쿄 패션 회사에 볼일이 있는 터라 가방 하나 들고 날아와 인천공항에서 만났죠."

"그럼 베티는 혼자?"

강토가 베티를 돌아보았다.

"저 아직 매니저 둘 정도로 유명하지 않거든요."

베티가 천연덕스럽게 웃는다. 베티는 정말…….

"아무튼 잘 왔어요. 마음은 초대하고 싶었는데 너무 먼 곳이라……."

"섭섭한데요? 고작 뉴욕인데……."

그녀가 강토를 허그했다.

—고작 뉴욕인데.

그 말이 강토 귀에 또 몽환의 씨를 뿌렸다.

—전생에서 온 사람도 있는데.

그 말과 겹치는 건 그녀의 체취 때문일까?

"아무튼 고마워요. 그럼 제 작은 하우스를 돌아볼까요?"

상미와 다인부터 소개시켰다. 그런 다음 매장과 추출실, 저장실, 조향 오르간 등을 보여 주었다. 강토의 조향 오르간, 다락방의 그것과 달랐으니 이제는 어떤 전문가와 견주어도 크게 부족하지 않을 구성을 갖추고 있었다.

"굉장해요."

메리언과 베티가 엄지척을 쾌척했다.

베티에게는 태홍을 소개했다.

"Nice to meet you."

태홍의 영어는 서툴렀지만 큰 문제는 되지 않았다.

"닥터 시그니처."

베티가 씩씩한 얼굴을 들었다.

"왜?"

"저 오늘 여기 온 거 동영상으로 찍어도 될까요? 제가 구독자들에게 약속을 했거든요. 전에 예고한 대로 동양의 조향사 선생님 향수 발표회에 모델 하러 간다고."

"예고?"

"뉴욕에서 저 불러 준다고 약속하셨잖아요? 그거 자랑했었거든요."

"오케이."

바로 수락을 했다.

그러자.

조향 오르간이 있는 방 앞에서 그녀가 블레이드 러너 의족을 벗어 버렸다.

"베티."

강토가 놀라자,

“신발 벗는 거예요. 실내화가 놓여 있잖아요.”

베티는 천연덕스럽게 두 손에 실내화를 끼고 의자로 걸었다.

“……”

“끙차.”

다들 멍 때리는 사이에 베티가 오르간 앞의 의자에 앉았다.

“저 조향사처럼 보여요?”

당당한 포즈까지 취하는 베티.

푸헐.

웃지 않을 수 없는 강토였다.

“다음엔 네 의족에 맞는 실내화를 준비해 둘게.”

강토가 다가가 의자 방향을 오르간 쪽으로 돌려 주었다.

“그래 주면 더 고맙죠.”

베티와 메리언에게 오르간의 향료를 소개할 때였다. 문득 그녀를 닮은 또 다른 체취가 후각을 건드렸다.

“닥터 시그니처.”

손윤희였다. 강토를 흔든 체취의 주인공은 그 옆에 서 있었다. 아델라이드의 체취를 지닌 또 한 사람. 공현아가 온 것이다.

“오빠, 축하해요.”

꽃처럼 예쁜 마카롱 선물 세트를 강토에게 안겨 준다.

“고마워.”

"와아, 너무 멋있게 꾸몄다."

매장 안에 들어선 손윤희가 감탄을 터뜨린다. 이제는 시분초를 쪼개 사는 인기인. 그럼에도 강토를 축하하려고 이렇게 찾아오니 고마울 뿐이었다.

"얘들이 신상이구나?"

손윤희의 시선이 세 향수에 꽂힌다. 눈치 빠른 상미가 다가와 시향을 시켜 주었다.

"아유, 천국이 따로 없네."

손윤희는 재스민 향에서부터 무너졌다.

"바쁜데 와 줘서 고마워."

강토가 현아에게 말했다.

"중국에 있을 때는 몰라도 한국이라면 문제없어요. 전에 말했던 모델 시켜 주시는 거죠?"

"진짜 해 줄 거야?"

"내일은 CF 촬영 때문에 저녁에나 잠깐 들를 것 같지만 오늘은 괜찮아요. 게다가 오빠 팬들 면면이 굉장하니까 저도 홍보가 될 거예요."

"트러블은?"

"119 실려 갈 정도 아니거든요."

현아는 문제없다는 표정이었다.

"어, 저도 닥터 시그니처 모델 하고 싶은데, 기회가 없을까요?"

여기서 메리언의 돌발 요청이 나왔다.

"메리언도요?"

"저도 모델 출신이잖아요? 닥터 시그니처에게 작은 기여라도 하고 싶어요. 또 제 자신의 추억도……."

먼 미국에서 날아온 메리언.

강토가 살짝 난감해졌다.

나머지 모델들은 바꿀 수 없었다. 향수의 의미와 맞췄기 때문이었다. 고민은 현아가 해결해 주었다.

"그럼 제가 양보할게요. 아무래도 진짜 모델이 하는 게 좋지 않겠어요? 더구나 아이리스 이미지와도 닮으신 것 같고……."

현아는 영어에도 능통하다.

강토가 둘을 바라본다. 두 개의 기시감이 몽환처럼 아른거린다. 하지만 깊게 매몰될 시간이 없었다.

아이리스 모델은 결국 메리언에게 돌아갔다.

"대표님, 조향 유튜버 오셨어요."

조율이 끝났을 때 다인이 다가왔다. 유튜버 장미호는 향수만 전문으로 소개하는 사람으로 연 소득세만 5억 이상이다. 중국어에 능통해 한국보다 중국에서 인기가 더 높은 '왕홍'이었다.

"일찍 오셨네요."

강토가 그녀를 맞았다.

한국 보그에서도 디렉터가 나왔다. 둘은 미국 보그에 기사가 나온 후에 알게 된 사람들이었다. 당시 강토에 대한 취재와 출연을 원했지만 오늘로 미루어 둔 강토였다.

"닥터 시그니처."

대문을 흔드는 이 목소리의 주인공은 은나래였다. 우영자에 민유라, 그리고 새로 뜨는 먹방녀 김인경까지 군단 규모로 난입을 하고 있었다.

"인경아, 문 잠가라. 이 안에 있는 향수는 우리가 독점한다."

오자마자 개그부터 한 토막 펼친다. 덕분에 다들 긴장이 풀렸다.

할아버지도 도착했다. 방 시인은 전에 본 스님까지 동행이었다. 작은아버지 부부도 단정하게 차려입고 출석(?)을 했다.

이후로 내빈들이 줄을 지었다. 주디에 제이미, 나수정까지 쉴 새도 없었다.

압권은 금란백화점의 박광수 회장 부부였다. 사모님만 올 줄 알았더니 박광수에 사모님 지인들, 백화점 중역들까지 총출동이었다.

"금란백화점 회장이잖아?"

내빈들 중에 그를 알아보는 사람들이 있었다. 강토의 공식 오픈은 더 빛이 나게 되었다.

11시.

내빈으로 초대한 80명이 150여 명으로 불어났다. 내빈들이 절친이나 향수 마니아 등을 달고 온 까닭이었다. 아직 도착하지 못한 사람도 있었지만 오픈식을 시작할 수밖에 없었다.

"배 실장?"

옷을 갈아입은 강토가 상미를 불렀다. 오늘은 평상복이 아니었다. 레이스가 달린 실크 셔츠와 컬러 팬츠로 멋을 냈다. 목에 걸린 스카프는 메리언의 선물이었다. 스카프까지는 준비하지 않았는데 강토 의상을 본 그녀가 즉석에서 매칭을 해 주었다.

"준비됐어."

뒷마당에서 상미가 답했다.

"그럼 시작한다?"

"오케이."

상미가 돌아보자 다인이 유튜버와 기자들에게 사인을 주었다.

"만장하신 여러분."

강토가 마당으로 내려섰다. 입추의 여지 없이 깔아 놓은 행사 의자는 빈자리는커녕 벽 쪽으로 기대설 공간도 넉넉하지 않았다.

"세상의 모든 향을 소개해 드릴 향 전문 하우스 블랑쉬, 여러분에게 인사를 드립니다."

강토의 인사와 함께 허공에서 향수가 분사되었다.

"와아, 향수야."

"뭐야? 재스민?"

"장미도 있는데?"

"이건 아이리스 향이야."

"월하향도 있어."

내빈들의 환호를 뚫고 강토의 멘트가 이어졌다.

"오늘 제 오픈식에는 너무나 소중한 분들이 많이 와 주셨습니다. 오늘 이 자리를 빛내 주실 자원봉사 모델들도 그렇습니다. 그중에서도 저와는 특별한 인연으로 맺어진 인기 절정의 스타, 손윤희 여사님을 소개합니다."

강토가 뒷마당으로 이어지는 길을 가리켰다. 런웨이처럼, 샛길처럼 터진 그곳에서 손윤희가 모습을 드러냈다. 하늘거리는 레이스를 걸쳤다. 잠자리 날개 같은 레이스를 살랑이며 그녀가 걸었다. 동선은 뒷마당에서 대문, 그리고 매장으로 이어지는 공간이었다. 매장으로 들어가는 입구에 강토가 서 있으니 거기가 끝이었다.

"와아."

뒷마당 가까운 곳에서 감탄이 터졌다. 손윤희의 등장에 맞춰, 허공의 분사 장치에서도 같은 향이 분사된 것이다. 이제는 많은 사람들이 알고 있는 농부르 띠미드였다. 그녀가 대문 앞에서 두 바퀴 정도 돌아주자 향이 바뀌었다.

두근두근 설렘으로.

앞과 뒤가 다른 그 향수…….

마당의 빈 공간은 1미터 남짓했다. 손윤희의 옷은 나풀거릴 때마다 두 개의 향을 쏟아 냈다. 몸에 바른 향수가 아니라 옷을 적신 향수였다.

"두 번째 자원봉사 모델님은 소개말이 필요 없는 MC 은나래 님입니다."

이번에는 은나래가 떴다. 강토가 미리 준비한 하얀 향 모자에 날렵한 향 스카프를 둘렀다.

시작부터 과잉 요염을 떨며 내빈들을 즐겁게 만들었다. 이 향은 뮤게였으니 스프레이 역시 뮤게 향을 흩날려 주었다.

세 번째 향수는 장 피디가 맡아 주었다. 그녀가 주문했던 월하향. 경매에서 우영자에게 밀린 설움을 여기서 풀게 해 주는 강토였다.

"지금까지는 제가 작년에 선보인 향수들이었습니다. 손윤희 여사님의 짝꿍 향수는 원래 손 여사님만을 위해 만들 생각이었는데 여사님께서 먼저 독점하기 아깝다며 더 많은 사람들이 향유하게 하자는 제의를 주셨습니다. 나아가 은나래 님의 향수는 뮤게의 정수로 향수 알레르기를 완벽하게 제거한 스페셜 맞춤형 작품입니다. 오늘 준비한 향수는 같은 향이지만 모두가 즐길 수 있도록 어코드를 맞추었고 향수를 만들 때의 취지를 살려 은나래 님의 향 분자가 미량 들어가 있습니다."

"오, 그럼 은나래 향수네?"

내빈들이 중얼거렸다.

"세 번째 모델로 수고해 주신 장 피디님의 향수는 월하향이 메인 노트입니다. 이건 한 병만 만들어 방송 때 선보였는데 녹화 후에 대기실에서 경매에 붙이면서 죄송한 마음이 들어 준비를 했습니다."

"이거예요, 그때 내가 낙찰을 받았어요."

민유라 옆의 우영자가 빈 향수병을 흔들며 자랑을 떨었다.

"그럼 이제부터 완전히 새로운 세 개의 향수를 소개하도록 하겠습니다. 향수를 대표하는 세 노트, 재스민과 로즈, 그리고 아이리스……."

"……."

"너무 익숙해 평범하기조차 한 노트들 속에서 찾아낸 향의 정수, 그런 제 향수보다도 백배는 더 아름다운 모델들을 소개합니다."

강토의 손이 뒷마당 쪽을 가리켰다.

내빈들이 돌아보자, 사람보다 먼저 나온 건 다리를 덮는 망토였다. 흰색과 붉은색 망토. 그걸 걸치고 나온 건 베티와 태홍이었다.

명랑이 뚝뚝 떨어지는 유럽 소녀와 차분하고 해사한 한국 소년.

사람들의 호기심이 집중되는 순간, 둘은 동시에 망토를 벗어 던졌다.

*　　　*　　　*

"아."

내빈들은 두 번 놀랐다. 처음에는 둘의 외모였다. 망토가 사라진 자리에서 드러난 건 곡선에 칼날 같은 모양을 지닌, 플렉스 풋 치타, 혹은 블레이드 러너로 불리는 의족이었다.

두 번째는 망토였다. 베티와 태홍을 기준으로 오른쪽과 왼쪽으로 날아온 망토는 각각 재스민과 장미 향을 뿜뿜 하고 있었다.

너울.

망토가 사람들 머리로 내려앉을 때 둘의 워킹이 시작되었다. 하얀 옷을 입은 태홍이 앞서고 빨간 옷을 입은 베티가 그 뒤를 따랐다. 그 워킹에 맞춰 허공의 스프레이가 향을 뿜었다.

"재스민이야."

"장미 향이잖아?"

내빈들이 웅성거리기 시작했다. 하지만 그들은 곧 입을 다물었다. 재스민이었다. 장미였다. 그러나 그 향은 흔하디흔하되 결이 달랐다. 가장 순수한 재스민과 가장 빛나는 장미. 인공의 냄새가 깃들지 않은 꽃밭이 구현된 느낌이었다.

"……!"

뒤에서 지원하던 다인은 눈을 의심했다. 중계하던 유튜버 장미호가 카메라를 고정시키고 마당으로 내려간 것이다. 마당에서 풍겨 오는 향의 유혹에 홀린 것이다.

"아아."

여기저기서 탄식이 새어 나왔다. 베티와 태홍이 지나가는 자리였다. 둘의 옷자락이 팔랑거릴 때마다 내빈들은 향의 폭풍 속에서 허덕거렸다.

"이거 정말 재스민 맞아?"

"장미는? 완전 미친 호소력이야."

모두가 몸서리를 칠 때 마지막 모델이 등장했다. 흰 머플러를 목과 손목에 두른 메리언이었다. 그녀의 메인 노트는 아이리스였다. 블랑쉬의 탄생을 축하해 주었던 그 꽃. 블랑쉬의 여자 아델라이드의 체취를 가진 그녀가 뿌린 아이리스는 한 번 더 태어났다.

다른 누구의 시향보다 더 순백으로 빛나는 파우더리를 형성한 것이다. 메리언, 그녀 자체가 화룡점정이었다.

천연 향의 위엄이었다. 합성 향이라면 누구에게나 같은 향을 풍겼을 강토의 아이리스 노트. 베티의 체취와 섞이니 신의 숨결을 더해 승화되고 있었다.

'현아…….'

열광하는 그녀를 돌아본다.

원래는 그녀가 있을 자리였다. 메리언의 등장이 모든 걸 갈아 치우게 만들어 버렸다. 이 아이리스의 주인공은 메리언이었다. 강토가 아니라 아이리스 향수가 말하고 있었다.

아니, 내빈들도 그랬다.

배경 향으로 뿌려준 샘플 향수보다 메리언에게 열광했으니 예의와 매너를 알면서도 그녀에게 다가서 큼큼거리는 사람들이 한둘이 아니었다.

이유는 단 하나.

조금 더 가까이에서 느끼고 싶어서.

그건 유튜버 장미호와 기자들에게서도 확인이 되었다. 카메라를 놓고 메리언을 보고 있었다. 취재를 잊었다는 건 넋이 완전하게 나갔다는 증거였다.

"닥터 시그니처."

강토 앞에 도착한 메리언이 강토 이마에 키스를 날렸다. 패션쇼는 아니지만, 그래서 조금 낯선 분위기이기도 하지만 관객들의 호응만은 그녀가 꿈꾸던 것 이상이었다. 패션에 홀려 넋을 놓는 것. 그 장면을 이런 데서 만난 것이다.

"최고예요."

이번에는 베티였다. 강토와 메리언에게 번갈아 키스를 날린다. 강토 곁으로 다른 자원봉사 모델들이 도열하기 시작했다. 태홍까지 줄을 맞춰 내빈들에게 인사를 했다.

"와아아."

박수와 환호로 마당이 떠나갔다. 그러나 정작, 내빈들의 눈은 제자리로 돌아오지 않았다. 향에 홀린 채 치는 박수였으니 대다수가 그런 표정이었다.

"닥터 시그니처."

노련한 손윤희가 강토 등을 밀었다. 마당으로 내려간 강토가 내빈들의 환호에 답한다.

"우리 닥터 시그니처, 꼭 교주님 같지 않아요?"

은나래가 강토 팔짱을 끼며 넉살을 떨었다.

"이런 교주라면 백번도 모실 수 있지 않겠어?"

손윤희가 답했다. 그녀가 마음에 그리던 장면이었다. 강토의 향수, 반드시 성공할 거라는 확신이 있었던 것이다.

향수.

메리언의 시선도 강토에게 가 있다.

규모는 작지만 패션쇼보다 열광적인 사람들. 향수를 패션의 하위문화로 생각하던 그녀 생각에 경종이 울렸다. 그녀 자신, 수많은 패션쇼를 보았고, 세계 최고 디자이너들의 쇼에도 참석했지만 이토록 넋을 놓은 환호는 본 적이 없었다.

이건 그냥 신앙이었다.

'흐음.'

그러고 보니 메리언, 그녀 자신도 공중 부양 된 기분이었다.

아이리스 향수를 뿌린 머플러.

옷이 아니라 날개처럼 가벼웠다.

덕분에 아이리스 향수에 약간의 트러블이 있는 것도 잊어버렸다.

고무된 내빈들에게 차가 주어졌다.

"어머, 이 은은한 향……."

"차가 아니라 향을 마시는 것 같아."

차를 받아 든 내빈들이 웅성거렸다.

"국대연매차라고 화왕계에 나오는 꽃들 중에서 1등으로 꼽히는 매화와 국화, 연꽃과 대나무의 향을 가미한 차예요. 대표님이 봄부터 가을까지 만든 차라죠."

상미가 설명을 덧붙였다. 내빈들은 대다수가 향 덕후를 비롯해 향수에 호감을 가진 사람들이었다. 그렇기에 차 한 잔도 그냥 넘기지 않았다.

"화백님……."

할아버지에게 기댄 방 시인은 숨도 제대로 쉬지 못했다. 그녀의 코끝에는 아직도, 재스민과 장미, 아이리스의 향이 아른거렸다. 황홀경이니 무릉도원이니 하는 단어들의 정수를 여기서 맛본 것이다.

"우리 손자라오."

할아버지 목에 힘이 들어갔다.

"향만 해도 황홀한데 화왕계를 소재로 한 차라니… 닥터 시그니처의 향수 앞에서는 제 시가 다 부끄러워지네요."

"저도요."

옆자리의 황남조도 공감을 한다.

잠시 숨을 고르는 사이에 강토는 권혁재를 챙겼다. 여친을 데려온 그는 럭셔리한 분위기에 압도되어 기가 죽어 있었다.

"닥터 시그니처……."

권혁재 입에서도 그 호칭이 나왔다. 모두가 그렇게 부르니 그도 전염이 된 것이다.

"어때요?"

"말이 안 나오네요. 이렇게 굉장한 분인 줄도 모르고……."

"아직은 굉장하지 않지만 권 기사님이 많이 도와준 거죠."

"제가 무슨……."

"유지 말이에요. 기사님이 대 주는 좋은 유지가 이 향수의 시작이라고 했잖아요."

"닥터 시그니처……."

권혁재의 목이 메인다.

"같이 오셨죠?"

강토가 여친을 바라보았다.

"네……."

여자도 주눅이 확 들어 있다. 내빈들의 수준 때문이었다.

"편하게 즐기다 가세요."

예의를 갖추고 매장 앞으로 돌아왔다. 이제 빛나는 작품들을 분양할 순간이었다.

"여러분, 차 맛은 괜찮았나요?"

"너무 좋았어요."

질문이 끝나기도 전에 열광적인 호응이 나왔다.

"그럼 이제부터 제 향수를 분양해야 할 텐데… 처음 시도하는 경쟁 분양이다 보니 살짝 걱정이 되기도 합니다."

"걱정 마, 걱정 마."

"완판, 완판."

은나래와 우영자 등이 귀여운 응원을 날린다.

"제일 먼저 은나래 님이 선보였던 뮤게를 메인으로 한 '마종뿌'부터 시작하겠습니다. 이 향수는 비하인드 스토리가 있습니다. 은나래 님은 원래 향수 알레르기가 심한 사람이었죠. 그분만을 위해 만든 시그니처였는데 이번에 신상을 만들면서 그분의 향 분자를 살짝 가미했습니다. 그러니까 이 향수에는 은나래 님의 숨결이 들어 있는 것이죠. 참고해 주시고요, 자, 그럼……?"

신호를 주던 강토 시선이 잠시 흔들렸다. 다인이 아니라 베티가 향수 카터를 밀고 나온 것이다. 다인은 그 뒤에 있다. 강토를 향해 어깨를 으쓱해 보인다. 바로 상황을 캐치했다. 베티에게 카터를 뺏긴 것이다. 베티다운 도발이었다. 천연덕스럽게 생글거리는 얼굴을 보니 뭐라 할 수도 없었다.

마침내.

향수가 공개되었다. 병의 디자인은 신박했다. 특별한 건 뚜껑이었다. 삼나무를 조각해 뚜껑을 삼은 것이다. 강토의 특별 요청이었으니 하우스의 심볼로 밀고 나갈 생각이었다.

상미가 뮤게 향 블로터를 나눠 주었다. 내빈들이 서로 받으려 하자 은나래와 우영자 등이 자원봉사에 합류했다. 열기는 높아지고 시간은 줄었다.

경매를 원하는 사람들에게 번호표가 배정되었다. 믿기지 않게도 번호표가 모자랐다. 결국 연결 번호를 붙인 임시 번호표까지 동원되었다.

"신상 다 득템하고 말 거야."

연예인 중에서는 우영자의 전의가 특별히 불탔다.

"마음에 뿌리는 종소리, 마종뿌입니다. 뮤게는 흰꽃이지만 향수 색은 자연 밀짚색 컬러입니다. 제 향수는 거의 이런 컬러인데 천연 향을 주로 사용한 까닭입니다. 요즘은 무색이 인기라 투명하게 탈색을 하거나 핑크나 초록으로 착색을 하기도 하는데 어떤 인위적인 색도 가하지 않고 향에만 충실했습니다. 다만 미적 효과를 위해 용기에 수려한 컬러를 넣었는데 용기 디자인은 우리 석은결 유리공예가께서 도움을 주셨습니다."

강토가 석은결을 소개했다. 따뜻한 박수가 나왔다.

"그럼 분양을 시작합니다. 참고로 모든 향수는 모델을 서 주신 분들에게 한 병씩 기증되고 남는 49병입니다. 인기가 없다면 1원을 써넣은 분들에게도 기꺼이 내드리겠습니다만 각 향수는 하나씩만 응찰하실 수 있습니다. 만약 완판이 된다면 오늘 못 구하신 분은 내일 금란백화점의 특별 이벤트 코너에서 한 번 더 기회를 가질 수 있습니다. 그럼 시작합니다."

강토가 분양 신청함을 집어 들었다. 그때 내빈들 사이에서 손이 하나 올라갔다.

"그 전에 질문이 있는데요."

내빈들의 이목이 집중된다. 살짝 서툰 한국어, 나중에 알았지만 그는 일본에서 온 향수 전문기자 '렌'이었다.

"말씀하시죠."

강토가 콜을 받았다.

"오늘 공개한 향수, 감동이었습니다. 작은 쇼지만 감동의 크기만큼은 압도적이네요. 그런데 궁금한 건 말입니다, 천연향료를 주로 썼다고 강조하고 있는데 천연 향의 우수성을 강조하는 겁니까? 당신의 작품을 파악하기에는 당신이 너무 신예입니다. 공식화된 정보 미국 보그의 기사뿐인데 그것만으로 신뢰를 담보하거나 향수의 가치를 부여하기에는 너무 빈약하지 않을까요?"

태클이다.

그걸 간파한 다인과 상미의 표정이 굳어 버렸다.

"궁금한 게 무엇일까요?"

강토는 유연했다. 태클인 것은 그의 체취로 알 수 있었다.

"향수는 천연 향만으로는 만들기 어렵습니다. 몇 가지 향은 가능하겠지만 어떤 향은 천문학적인 비용이 들죠. 그렇기에 향수의 본고장에서도 화학적 합성 향이 대세가 아니겠습니까?"

"잘 알고 있습니다."

"나아가 일부 합성 향은 천연 향보다도 우수하고 값도 대중적입니다. 천연 향에서도 합성 향 못지않게 피부 트러블이 일어납니다. 그러니 천연 향을 강조하는 건 맹목적인 신비주의

내지는 고가정책의 의도로 비칠 수 있습니다."

"질문 끝나셨나요?"

"하나 더 있는데요, 오늘 소개한 향에 들어간 천연 향 말입니다. 영상에는 꽃을 채취하고 냉침법 등으로 추출하는 장면이 나오지만 영상 자체가 보증이 되는 건 아니죠. 소비자들이 이 향수에 가치를 매기려면 객관적인 자료가 필요합니다. 하다못해 확산이나 지속력에 대한 보증도 나오지 않았고요."

질문이 매웠다. 하지만 피할 수도 없었다. 내빈들은 두 부류로 나뉘었다. 강토를 지지하는 쪽은 일본 기자를 성토했고 일부는 공감하는 쪽에 한 발을 들여놓았다.

다인과 상미의 시선이 강토에게 향했다. 할아버지와 방 시인 등도 긴장한다. 심지어는 유쾌하와 오 팀장, 라파엘 등도 눈빛이 무거워졌다.

변하지 않은 사람은, 강토뿐이었다.

"질문 잘하셨네요."

강토가 렌 앞으로 다가섰다. 긴장은커녕 활짝 핀 뮤게처럼 소박하게 웃고 있었다.

"죄송하지만 선생님 직업이 무엇일까요?"

"향수 전문기자입니다."

렌이 답했다. 일본인 체취가 나지만 일본 사람이냐고는 묻지 않았다. 그건 이 상황과 관계가 없었다.

"우선 천연 향은 가격이 폭발적입니다. 1kg의 장미 에센셜 오일을 얻으려면 장미꽃이 5톤 정도 필요합니다. 게다가 꽃의 특성에 따른 제약도 많죠. 그러나 그건 대량생산의 경우입니다. 오늘 제가 선보인 향수는 소량의 니치들입니다. 1kg의 에센셜 오일이 필요하지 않다는 뜻이죠. 아까 천연 향도 피부 트러블을 일으킨다고 하셨는데 그건 사실입니다. 이 뮤게 역시 그런 이유로 만들었다고 밝혔으니까요."

"……?"

"이 향수의 모델을 해주신 은나래 님이 장본인입니다. 저분은 어떤 향수도 뿌리지 못하던 분이었습니다. 기자시라니 방송이나 기사를 찾아보면 알 수 있을 겁니다. 향수 뿌리는 게 소원이었기에 시그니처를 만들어 주었습니다. 간단히 말씀드리자면 민감성피부나 특정 알레르기를 가진 분은 논외로 하고 잡다한 피부 트러블과 알레르기는 대량생산의 약점이라고 봅니다. 맞춤형 향수는 그 틈새를 해결할 수 있습니다. 은나래 님에게 향수의 세상을 열어 준 것처럼요."

은나래가 손을 들어 보인다. 강토에 대한 온몸의 지지이자 증거였다. 오늘도 그녀는 별다른 트러블 없이 모델 역할을 수행했다.

"……."

"두 번째 이유에 대해서는 제가 질문 하나를 해야 할 것 같습니다. 그렇다면 모든 향수는 천연 향 원료를 사용하면 더 좋은 향수를 만들 수 있을까요?"

"그야 당연하지 않겠습니까?"

"그러길 바랍니다. 하지만 향에는 사람들이 모르는 비밀이 있습니다. 바로 미스터리로 뭉쳐진 복잡성이죠."

"천연 향에 다양한 미량 성분이 깃든 건 당연한 일입니다."

"그렇게 간단한 문제가 아닙니다. 예를 들어 쿠마린이라면 큰 문제가 없습니다. 저 유명한 쿠마린은 통카 콩에서 구하죠. 이 노트는 합성원료든 천연 원료든 향이 같습니다. 하지만 장미만 해도 달라집니다. 예를 들어 장미유는 서양배나 농축 리큐어의 냄새가 납니다. 수선화 앱솔루트 같은 경우도 흙, 꿀, 분변의 냄새까지 풍겨 대죠. 우리가 손으로 따서 맡는 수선화 향과는 결이 다르다는 겁니다."

"무슨 뜻입니까?"

"제 말은 그렇게 복잡한 향조로 어떻게 같은 향의 향수를 만들 수 있겠는가 하는 것입니다. 대량생산에서 천연 향을 쓰기 어려운 것은 향료의 단가도 문제겠지만 공급 지역이 변하거나 기후나 날씨에 따라, 혹은 그 인근의 환경에 따라 향도 변한다는 겁니다. 바로 자연의 섭리이니 조향사가 신의 섭리까지 맞춰 가기는 어렵습니다. 그건 시그니처나 소량 니치에서만 가능하다는 뜻이니 뒤집어 말하면 시그니처 전문가라면 천연 향의 특성을 살려 낼 줄 알아야 대량생산 향수의 대안으로 자리매김할 수 있다고 봅니다."

"……."

"아울러 제 향수의 향이 천연이라는 것은 포장지 안에 담긴 성분표로 아실 수 있습니다. 유럽의 공인 기관에서 최신 분석기로 분석한 메인 향의 성분표를 그대로 담았으니까요."

강토가 성분표 한 장을 들어 보였다. 향수 상자에 넣은 것과 같은 것. 렌은 정수리에 찬바람이 도는 걸 느꼈지만 강토는 가치 증명은 이제 시작이었다.

"배 실장."

강토가 지시하자 상미가 뮤게 향 스프레이를 분사시켰다.

치이잇.

*　　　*　　　*

치잇.

같은 향을 뿌린 블로터 하나를 렌에게 건네주는 강토.

"맡아 보시죠."

"……?"

시향을 한 렌이 강토를 바라보았다.

"여러분."

강토가 내빈을 돌아보았다.

"일단 진심으로 사과의 말씀을 드립니다."

내빈들을 향해 고개를 숙인다.

“……?”

다시 한번, 강토를 신뢰하는 사람들이 긴장에 휩싸였다. 사과라니? 그렇다면 저 기자의 질문대로 향수에 하자가 있다는 것인가?

“이모…….”

현아가 손윤희를 바라보았다.

“일단 들어 보자.”

손윤희는 강토에게서 눈을 떼지 않았다.

모두의 시선이 집중된 채 강토가 설명을 이어 갔다.

“여러분에게 사과를 하는 건 제가 첫 발표회를 갖다 보니 조금 서둘렀다는 겁니다. 이 설명은 원래 처음에 드려야 했는데 분위기에 휩쓸렸나 봅니다.”

“……?”

“그렇기에 촌철살인의 질문으로 제 간과를 일깨워 주신 기자님께 감사를 드립니다.”

“……?”

“제가 방금 뮤게 향을 새로 뿌렸습니다. 향이 나죠?”

“…….”

“향수가 그렇습니다.”

치잇.

설명과 함께 허공에 뮤게 향을 뿜어 보는 강토.

“향수는 냄새 분자를 다루는 예술입니다. 일단 분출되면 휘발성이 큰 분자부터 기체로 변합니다. 화학적으로는 탄소 분자가 작으면 빨리 날아가고 크면 오래 머물죠. 그렇기에 우리가 향수를 시향 하면 처음에는 알코올 냄새가 나고 다음으로 시트러스나 플로럴, 그다음에 향수의 주제라 불리는 메인 향, 마지막으로 약간의 베이스노트 향과 함께 향수를 뿌리기 전의 상태로 돌아갑니다. 향수의 일생이죠."

"……"

"그런 원리로 우리는 처음부터 끝까지 일관되게, 그것도 오랫동안, 하트 노트의 향이 유지되는 향수를 좋은 향수라고 부르고 있습니다."

"……"

"이것, 아까 은나래 님께서 여러분에게 선보인 향의 매개입니다."

강토가 모자와 스카프를 들어 보였다.

"개방된 장소고 많은 분들이 모일 것이기에 일반적인 향수 분사법으로는 여러분에게 향을 전달하기 어려울 것 같아 소품과 의상 자체에 향수를 듬뿍 뿌렸습니다. 즉, 이 소품의 향수는 지금으로부터 3시간 30여 분 전에 분사한 것인데 마침 제 향수 분자의 베스트 활성이 시작되는 시간이 3시간부터입니다. 10시간까지도 문제없지요."

"……?"

"기자님."

"……?"

"만약 찐 퍼퓸이 아니라면 분사한 후 3시간 정도 지나면 어떻게 될까요? 아니, 3시간을 논할 필요도 없겠죠."

"……?"

"만약 어코드가 엉망이라면 향조는 또 어떻게 변할까요?"

"……?"

"확산과 지속력은 이것으로 답이 될 겁니다. 직접 시향 해 보시겠습니까?"

강토가 모자를 건네주었다.

"……!"

향을 맡은 렌의 눈동자가 굳어 버렸다. 이번에는 방금 받은 블로터의 향으로 대조 확인한다.

'이것…….'

렌은 한 번 더 정수리의 한기를 느꼈다. 같은 향이다. 그러나 3시간 사이에 더 좋아졌다. 별로 치면 네 개가 다섯 개로 변해 버린 것이다. 일반 향수들은 보통 3시간이 지나면 향의 기세가 무너진다. 레전드들의 명품이 아닌 다음에야 피할 수 없는 운명이었다.

스륵.

그의 이마를 타고 식은땀이 내려왔다.

"모자 좀요."

렌이 침묵하자 옆자리의 내빈이 모자를 건네받았다.

"우아."

감탄이 저절로 터졌다.

"향이 변했어요. 더 은은하고 더 깊은 향으로……."

그녀가 옆 사람에게 모자를 건넨다. 그걸 본 상미가 스카프도 같이 돌렸다.

"어머……."

"아아……."

탄식이다. 질식할 듯한 탄식… 내빈들이 심취하는 사이에 렌은 슬며시 자리를 빠져나갔다.

라파엘도 모자 냄새의 향을 맡았다. 뮤게 향은 '장미와 풀과 레몬'의 경계를 드나든다. 백합 향도 살짝 깃들여진다. 흠잡을 데가 없었다. 졸업 후에 지나간 몇 개의 계절들. 강토는, 어느 날 문득 후맹에서 깨어난 그 5월의 모습 이상으로 진화해 있었다. 불안정하기 짝이 없는 뮤게 어코드를 기묘하게 다스린 것이다.

짝짝.

박수 치지 않을 수 없었다. 신호탄이었다. 내빈들 사이에서도 박수가 쏟아졌다.

메리언과 베티의 박수도 뜨거웠다. 한국말을 몰라 관망하기만 하던 두 사람, 그러나 분위기는 읽고 있었으니 박수를 아끼지 않았다.

강토는 정중하게 그러나 당당하게 예의를 표했다.

뮤게는 완판을 찍었다. 낙선자의 최하 응찰 가격이 80만 원이었다. 최하 액수 당첨자의 액수를 밝히자면 200만 원이었다. 고맙게도 라파엘과 주디, 제이미 등도 약속이나 한 듯 300만 원을 적어 당첨되었다.

월하향의 달빛 속삭임 또한 완판이었다. 그 최하 낙찰액은 400만 원이었다. 첫판의 분위기를 본 내빈들이 가격을 올리기 시작한 것이다.

기존 향수 분양의 백미는 손윤희의 시그니처였다. 방송과 기사로 입증된 시그니처였기에 인기가 핵폭발급이었다.

7,000달러.

내빈들의 상당수는 아네모네의 일화를 알고 있었다. 뉴욕의 짝꿍 향수였다. 아이리스를 메인으로 내세운 그 향수는 향수 권위자들의 호평을 받았다. 미국판 보그에도 실린 내용이었다.

손윤희라는 스토리를 입은 이 짝꿍 향수가 7,000달러 아이리스의 위엄을 가볍게 뛰어넘었다. 딱 100병만 출시된 니치 향수. 당첨만 되면 손윤희와 똑같은 시그니처를 소유하게 된다. 유명 연예인 프리미엄까지 붙었으니 세트의 최하 입찰액이 400만 원이었다. 물론 이 액수는 당첨의 근처에도 가지 못했다.

분위기가 달아올랐다.

너무 달아올랐다.

성원에 보답하기 위해 재스민과 장미 신작은 추첨으로 돌렸다.

재스민의 진수.

장미의 진수.

두 향수 가격은 뮤게와 월하향의 평균 당첨 액수를 기준으로 했다. 그럼에도 거의 모든 사람들이 응모를 했다.

"아, 이렇게 되면 전략 실패인데?"

신상 싹쓸이를 노리던 우영자가 귀여운 경기를 일으켰다.

추첨은 베티와 태홍이 도와주었다. 방 시인과 황남조, 심영화 등이 당첨되었다. 셋은 아이처럼 좋아하며 환호성을 질렀다. 권혁재의 여친 또한 재스민에 당첨, 서나연까지도 아이처럼 당첨을 기뻐했다.

그리고…….

"으아악."

품위(?)를 지키던 우영자의 비명이 두 번 울려 퍼졌다. 강토의 신상을 노리다 추첨으로 넘어가자 좌절하던 그녀. 믿기지 않게도 신상 재스민과 장미 둘 다에 당첨되고 만 것이다.

"아오, 로또 된 거보다 더 행복해."

우영자의 몸서리는 쉽게 멈추지 않았다.

이제 남은 것은 아이리스 단일 노트 향의 팬터지 on 블랑쉬.

"여러분."

강토가 다시 내빈들 앞에 섰다.

"오늘 보내 주신 성원이 제 향수보다 황홀합니다. 마지막으로 남은 건 보시다시피 아이리스 메인의 향수입니다."

"……"

내빈들이 숨을 죽인다.

"다른 향도 그렇지만 이 향은 깊은 의미가 있습니다. 제가 조향의 길을 걸어가게 해 준 꽃이 아이리스니까요."

"아이리스?"

"닥터 시그니처가 아이리스를 좋아하나 봐."

내빈들 사이에서 속삭임이 들렸다.

"제 존재감을 드러내 준 것도 아이리스입니다. 아시는 분은 아시겠지만 제가 독립 향수를 만들 수 있는 계기가 되었던 게 아네모네의 뉴욕 발표회였고 거기 출품한 향수의 메인도 아이리스였습니다."

"……"

"이 아이리스는 물론 그것과 다릅니다. 절망조차도 풀어내는 포근한 파우더리. 관능의 환희를 생명이라는 코드로 승화시킨 것. 아이리스가 가진 절대 향을 가장 아이리스답게 옮겨 놓은 향수가 바로 이 팬터지 on 블랑쉬입니다."

"……"

"이 자리에서 밝히지만 전에 손윤희 여사님의 방송에 출연한 자리에서 남은 향수를 출연자들에게 경매했었습니다. 그 상금은 방송국을 나오면서 성금함에 넣었습니다."

"기부?"

"기부를 했대."

다시 내빈들이 웅성거린다. 그 소리에 할아버지가 눈시울을 붉혔다.

—저놈이 저렇게 잘 커 줬네.

—해 준 것도 없는데…….

할아버지 눈 속에서 강토의 어린 모습들이 파노라마를 이룬다.

방 시인의 손이 할아버지 어깨를 따스하게 감싼다. 강토는 다 알고 있다. 내빈들의 뜨거운 체취 속에서도. 할아버지의 흔들림을 모를 강토가 아니었다.

진짜 눈물은 작은아버지의 몫이었다. 교통사고 이후로 모진 자책감을 가졌던 사람. 그 회한과 갈등을 어떻게 잊을 것인가?

"그래서 오늘도 왠지 이 아이리스의 판매액만큼은 기부를 해야 할 것 같습니다. 여러분이 얼마를 써 주시든 당첨된 분들 모두의 이름으로 기부할 것을 밝히며, 분양 진행합니다."

강토가 고개를 들었다.

치이잇.

기다리던 상미가 허공에 아이리스 향 분출을 시작했다.

아이리스.

이렇게 만나는 향은 아까와는 또 다른 느낌이었다. 번호표가 모이기 시작했다. 빠진 사람은 단 한 명도 없었다.

"……!"

한 장 한 장, 번호표를 펼치던 상미와 다인은 백번 죽고 백번 살았다. 번호표에 적힌 액수들은 장난이 아니었다. 오죽하면 잘못 쓴 건 아닌지, 혹은 잘못 본 건 아닌지 보고 또 보는 두 사람이었다.

"……?"

최종 확인에 나선 강토도 그랬다.

"죄송합니다만……."

결국 확인에 들어가고 말았다.

"일부 번호표에 착오가 있는 것 같습니다. 죄송하지만 3번, 22번, 23번, 24번, 25번, 그리고 71번, 93번 번호표 내빈께 확인을 요청드립니다."

"저는 잘못 쓰지 않았습니다."

먼저 손을 든 건 3번 번호표의 박광수였다.

"우리도 잘못 쓰지 않았어요."

22, 23, 24, 25번 번호표의 주인들도 손을 저었다.

그녀들은 심영화와 황남조의 봉사단원들이었다.

그리고 71번은…….

뜻밖에도 할아버지였다.

"나도 잘못 쓴 거 아니거든."

할아버지가 적은 금액은 3,000만 원이었다. 내빈들이 가득하니 뭐라 말하지 못했다.

마지막 93번은 우영자였다. 그녀 역시 3,000만 원. 신상도 두 개를 득템했으니 마지막까지 손에 넣고 싶었던 것이다. 나름 앞선 두 향수에 대한 보답으로 생각하고 질렀는데 최고액이 1억에 이르니 황망할 뿐이었다.

"공개합니다."

상미와 다인이 분양 희망액 번호표 정리를 마치자 강토가 당첨 번호를 가리켰다. 이번만은 당첨보다 액수에 관심을 가지는 내빈들이었다.

박광수 100,000,000원

심영화와 황남조 등의 봉사단원 각 50,000,000원

이들 다섯만으로도 3억 원을 찍었다.

그리고…….

할아버지와 우영자 각 30,000,000원에

기타 2,000만 원이 다섯이었고 천만 원은 무려 30여 명이었다.

아이리스 당첨의 최하 응모액은 900만 원. 7억을 훌쩍 넘는 기적을 찍어 버리는 강토였다.

더 재미난 건 1,200만 원을 적은 사람이었다.

「제이 펠리아」.

그녀였다. 뉴욕에서 강토 향수의 절반을 가져간.

그러나 그녀는 참석하지 않은 상황. 알고 보니 한국에 있는 지인을 대리로 보낸 그녀였다.

"감사합니다. 여러분이 제 향수에 모아 주신 향기로운 마음

은 오늘 모델로 활약해 주신 장규희 피디님에게 넘겨 방송국에 접수하도록 하겠습니다."

상미가 명단 정리를 마치자 즉석에서 장 피디를 불러 기증식을 마쳤다.

짝짝짝.

박수가 향 분자보다 촘촘하게 쏟아졌다.

향수는 입금 확인과 동시에 당첨자들에게 나눠 주었다. 비싼 가격을 치렀음에도 당첨자들은 좋아 어쩔 줄을 몰랐다.

특히 우영자가 그랬다.

"닥터 시그니처."

강토에게 달려와 격한 허그를 날린다.

"고마워요. 나 진짜 앞으로 한 달 동안 안 먹어도 배 안 고플 거 같아."

그녀는 아이처럼 달아올라 있었다.

"제가 고맙죠."

강토가 예의를 갖추었다. 와 준 것만 해도 고마운데 3천만 원이라는 거금까지 쾌척해 주니 더없이 고마웠다.

박광수에게 인사를 한 후에 내빈들 하나하나마다 감사를 전했다. 향수를 득템한 사람도, 아쉽게 고배를 마신 사람도 모두가 강토에게 축하를 아끼지 않았다. 물론 제이 펠리아의 지인도 잊지 않았다.

"그녀가 기뻐할 거예요."

지인은 굉장히 흥분되어 있었다.

"황 작가님."

숨을 돌린 강토가 각 5천만 원을 쏜 여사들 무리로 다가섰다.

"닥터 시그니처."

황남조가 강토를 잡아끌었다.

"거액을 희사해 주셔서 감사합니다."

다시 한번 인사를 챙겼다.

"유니크한 향수에 좋은 일까지 했는데 무슨 소리예요?"

황남조가 손을 저었다.

"맞아. 우리가 원래 봉사활동 하잖아요? 향수로 기부도 할 수 있을지 몰랐어요. 앞으로도 종종 지를 테니 새 향수 나오면 불러만 주세요."

심영화도 흔쾌하다.

"참, 할아버지께서 화가시라면서요?"

황남조 옆의 구혜선이 물었다. 그녀는 심영화의 고교 동창이었다.

"네."

"예술가 DNA가 굉장한가 봐요. 한 분은 그림으로 또 한 분은 향수로… 아무튼 우리 영화 좀 많이 도와주세요."

"얘, 말로만 그러지 말고 얼마 후에 윤 화백님 전시회시거든? 네 남편 잘나갈 때 한 점 입양해라. 중국 큰손으로 불리는 추젠화도 투자하는 분이서."

"우리 그이가 그런 낭만이나 있냐? 맨날 사업에 묻혀 사는데… 그림은 청와대에 있는 우리 형부가 좋아하지."

"형부는 안 되지. 집 한 채도 없는 분이라며……."

"그래서 불쌍한 우리 언니 주려고 향수 샀잖냐? 우리 언니, 맨날 마트의 코롱이나 사서 뿌리고 다니는데 이거 보면 기절하지 않으려나 몰라."

구혜선은 향수 품은 손을 풀지 않았다.

"그나저나 내일도 기대되네요. 닥터 시그니처."

심영화가 강토를 바라보았다.

"사모님도 나오시게요?"

"당연하죠. 저 비록 늙었지만 닥터 시그니처 팬덤이에요."

"감사합니다."

"이따가 특별 매장 꾸미는 거 보러 올 거죠?"

"당연히 그래야죠."

"회장님이 준비 단단히 시킬 거예요. 오늘 대박 난 거 보고 얼마나 고무되어 있는지 몰라요."

"네."

"아유, 우리 닥터 시그니처 볼 때마다 황 작가가 너무 고맙다니까. 이런 복덩이를 연결시켜 줘서."

거액을 희사해 준 여사님들과 인증 샷을 찍었다.

찰칵.

셔터 소리가 시트러스 노트처럼 상큼하게 들렸다.

내빈들이 어느 정도 정리된 후에 간단한 뒤풀이를 가졌다. 라파엘에 주디, 유쾌하와 제이미, 그리고 손윤희와 현아, 은나래, 우영자, 메리언, 베티…….

그냥 보내지 못할 사람들이 너무 많았다.

"와아, 박하 차 같은데 굉장히 오묘하네?"

손윤희가 잔을 든 채 강토에게 물었다.

"야생 사자발쑥으로 만든 거예요. 쑥이지만 박하 향이 나죠."

"쑥이라고?"

손윤희가 현아를 바라본다. 둘은 내빈들 중에서도 유명한 사람들이다. 그 앞에 앉은 방 시인이 모를 리 없었다. 그런데 방 시인은 현아만 보는 게 아니었다. 현아와 가까운 메리언을 번갈아 쳐다보고 있었다.

"왜요?"

할아버지가 눈치를 주었다. 그러자 뜻밖의 말이 튀어나왔다.

"저 두 아가씨… 국적도 다르고 얼굴도 다른데 분위기가 너무 비슷하지 않아요?"

그러자 그 옆의 스님이 중얼거렸다.

"전생에 특별한 인연이었나 보지요."

제3장 — 기시감의 정체

전생 인연.

그 말에 반응한 건 강토였다. 아무렇지도 않은 척하지만 불덩이를 맞은 듯 심장이 뜨거웠다.

탕.

총소리가 의식을 울린다.

아델라이드가 쓰러진다.

그렇게 꽃이 진 아델라이드.

그런 그녀와의 전생 인연?

현아와 메리언이?

그게 가능해?

모두가 흘려 버린 말을 강토 혼자 묻고 대답했다.

화기애애한 분위기 속에 메리언과 현아를 탐색했다. 그런 다음 슬쩍 일어나 조향 오르간이 있는 방으로 들어갔다. 블랑쉬의 삼나무 향수를 꺼낸다. 아델라이드의 냄새가 나는 향갑도 꺼낸다. 둘을 열고 잠시 집중을 한다.

—공현아의 체취.

—메리언의 체취.

둘 다 아델라이드의 체취를 닮은 건 명백했다.

"전생?"

방 시인이 강토를 바라보았다.

조향실을 나온 강토가 그녀를 뒷마당으로 불러냈다. 전생에 관한 질문을 던진 것이다.

"우리 향일 스님이 전생 전문가이긴 하시지."

"그게 가능한가요?"

"글쎄, 안 믿는 사람도 있지만 나는 믿기던데?"

"여사님도 보셨어요?"

"재미 삼아 봤는데 신빙성이 있었어. 내가 전생에 정원사의 문필가였다고 하더라고. 그래서 그런지 화초하고 문학을 좋아하잖아?"

"……"

"나만 본 거 아니야. 우리 황 작가도 봤는데 그녀는 전생에 책사였대. 그래서 그런지 조언이나 모임을 이끄는 데 탁

월하고.”

“……”

“그런데 왜?”

“아까 여사님이 하신 말씀요.”

“내가?”

“미국인 메리언과 공현아 있잖아요?”

“아, 그 두 사람?”

“스님이 전생에 인연이 있는 것 같다고 하셨잖아요? 그거 농담이었을까요?”

“그분은 괜한 헛소리를 하시는 분이 아니세요.”

“전생은 어떻게 확인하는 거죠?”

“뭐 어렵지 않아. 스님은 선천적으로 타고난 분이라서 손만 잠깐 잡으면 아시더라고.”

“선천적이라고요?”

“스님이 동자승일 때 또래 동자승이 네 명이 있었대. 어느 날 손을 잡고 놀다 보니 아이들의 전생이 보이더라는 거야. 그걸 큰 스님에게 말했더니 자기도 맞혀 보라고 하시더래. 그래서 큰 스님은 고려시대 국사의 현신이라고 했더니 무릎을 치시더라는 거야. 자기가 꿈만 꾸면 고려시대의 절에서 수련하는 게 보인다고.”

“……”

“이후로 여러 책에도 실렸고, 심지어는 이것도 알아보자 방송에서 과학적으로 증명도 했어. 전생의 업보로 고생하는 사람 다섯을 데려가 실험했는데 다 맞히셨어. 설정은 절대 아니었고."

"그럼 메리언과 현아의 전생도 좀 봐 주실 수 있을까요?"

"내가 부탁하면 될 거야. 그런데 왜?"

"그냥요. 저도 처음에 여사님 같은 마음이 들었거든요. 그런데 신기하게도 두 사람의 자연 향이 굉장히 닮았어요. 이건 드문 일이거든요."

"향이라면 체취?"

"네."

"흐음, 그거 흥미롭네? 후각 박사인 닥터 시그니처가 그렇다면 그런 건데……."

"한번 여쭤봐 주시겠어요? 허락하시면 제가 자리를 마련해 볼게요."

"알았어."

방 여사가 돌아섰다.

잠시 후에 메리언이 강토에게 다가왔다.

"왜요?"

강토가 물었다. 화장실이라면 이쪽이 아니었다.

"애로가 좀 생겨서요. 혹시 샤워실이 있나요?"

"샤워실요?"

"아까 뿌린 아이리스 향 말이에요, 실은 약간의 알레르기가 있거든요. 괜찮을 줄 알았는데 듬뿍 뿌려서 그런지 조금 심한 거 같네요."

그녀가 목과 손목을 보여 주었다. 울긋불긋한 발진이 보였다.

—맞아. 메리언은 묵직한 남성 향조를 좋아한댔지.

뉴욕에서의 말을 떠올리는 순간 강토 눈에 번개가 스쳐 간다.

「아이리스 트러블」

현아에게도 들은 이야기였다.

"그럼 말을 하지 그랬어요?"

정신 줄을 다듬고 우려를 표했다.

"아까 기자가 태클을 거는 걸 보니 사람들이 알면 안 될 것 같았고… 제가 이것 때문에 여리여리한 향은 즐겨 하지 않는데 그때 뉴욕의 아이리스 향도 괜히 땡기더라고요. 그래서 자청한 건데… 그리 심하지는 않으니 샤워하면 가라앉을 거예요. 닥터 시그니처의 발표회에 도움이 되었으면 된 거죠, 뭐."

"따라오세요."

메리언을 샤워실로 안내했다.

오래 머물지는 못했다. 은나래가 강토를 찾으러 온 것이다. 향수의 제국에서 강토가 빠지니 흥이 날 리 없었다.

'스님이 봐 주시겠대.'

강토가 착석하자 방 시인이 사인을 보내왔다.

남은 지인들에게 가을까지 준비한 천연향료를 선보였다.

"뭘까요?"

강토가 알코올에 희석한 향료를 오 팀장에게 내밀었다. 블로터를 적신 그녀. 답을 말하려다 잠시 주춤거렸다.

"레더 같은데… 굉장히 소프트하네?"

"정말? 이거 무슨 향이야?"

제이미도 눈을 동그랗게 뜬다.

"가죽나물이라고 산나물의 일종이에요. 향 추출이 어려워 소량밖에 만들지 못했어요."

강토 답이 나오자 두 사람의 입이 쩌억 벌어졌다. 놀라움은 시작일 뿐이었다. 대나무 향도 암수를 나눠 추출했고 국화 노트는 봉선화를 더해 미묘한 느낌을 살렸다.

남해안의 난초에서 받아 낸 향은 모두의 후각을 사로잡을 만큼 뛰어났다. 주디와 유쾌하조차 반해서 코를 떼지 못할 수준이었다.

그렇다고 모든 향을 다 보여 주지는 않았다. 특히 유자 껍질에서 받은 달고 신선한 향이 그랬고 삭힌 감자에서 구한 포근하고 파우더리한 향, 죽실에서 추출한 향기로운 라이스, 향 확산력이 대단한 배 노트는 언급도 하지 않았다. 이들을 경쟁자라고 생각하지는 않았지만 패를 다 보일 필요는 없기 때문이었다.

그것 외에도 수많은 새 향들이 알코올 속에서 익어 간다.

날 것의 향은 숙성이 되어야 정확한 파악이 가능하다. 냄새 하나로 향의 일생을 아는 강토에게는 큰 의미 없는 과정이지만 향료 설명이나 영감에 도움이 되니 소홀하지 않았다.

현아에 대한 기회는 쉽게 잡을 수 있었다.

구상 중인 향을 시향 시키면서 자연스럽게 향일 스님을 소개시켰다.

"전생의 대가신데 현아가 빅 스타 될지 안 될지 한번 봐 주신대."

강토가 등을 미니 현아는 거절하지 않았다.

"허헛, 눈이 아주 맑군요."

스님이 현아의 손을 잡았다. 바로 명상에 잠긴다. 스님의 체취가 변한다. 강해지는 게 아니라 흐려진다. 색에 연기를 입힌다면 거의 보이지 않을 수준이었다. 그렇게 한참을 집중한다. 방해가 될까 봐 침도 삼키지 못했다.

"뭐가 떠오르나요?"

스님이 중얼거린다.

"무대요."

"어디 같죠?"

"아주 옛날요. 한국 같지는 않아요."

"그럼 유럽인가요?"

"그런 것 같아요."

현아가 답한다. 그녀의 목소리도 스님처럼 높낮이가 없

었다.

"또 뭐가 보이나요?"

"누군가 춤을 추고 있어요."

"천천히, 누군지 보세요."

"……"

"천천히……."

"저 같아요."

"좋아요. 이제 옆을 쳐다 보세요. 역시 천천히……."

"……"

"뭐가 보이죠?"

"꽃밭이 보여요."

꽃.

그 단어가 강토 귀를 잡아 당겼다.

"어떤 꽃이죠?"

"장미, 아이리스, 제비꽃 그리고 재스민과 백합… 끝이 없어요."

"어디인지 알겠어요?"

"여기는… 한국은 아닌 것 같아요."

"어느 나라인지 알 수 있는 표식은 없나요?"

"그런 게 안 보여요. 그냥 끝없는 꽃밭과 꽃밭에서 꽃을 따는 사람들……."

꽃 따는 사람들.

강토를 흔드는 말이었다. 다리에 힘을 주고 잘 버텼다.

"좋아요. 또 뭐가 보일까요?"

"꽃 속에서 노래하는 아이가 있어요."

"몇 살이나 되나요?"

"굉장히 어려요. 두 살 아니면 세 살?"

"그건 누굴까요?"

"저예요. 제가 노래를 해요."

"좋아요. 이제 반대편을 바라보세요."

"……."

"뭐가 보이나요?"

"아무것도……."

"정말 아무것도 보이지 않나요?"

"네. 언뜻언뜻 꽃과 악기, 그리고 무대 같은 게 스쳐 갈 뿐이에요."

"좋아요. 그럼 이제 마음을 편안히 하세요."

"……."

"제가 셋을 세면 깨어납니다."

스님의 이마에 땀방울이 맺힌다. 그걸 신호로 체취가 조금씩 제자리로 돌아오기 시작했다. 그리고 숫자 셋이 끝났을 때 스님이 눈을 떴다. 현아도 그랬다.

"현아 씨는 전생에도 예술가였네요. 아마도 왕궁 무용수였던 것 같습니다."

"정말요?"

"춤과 꽃을 좋아하죠?"

"네."

"전생의 기억이 남아서 그렇습니다."

"그렇구나……."

"그다음 생에서는 아이 때 죽었던 것 같습니다. 꽃이 많은 유럽의 고장… 그래서 향수에 더 끌리는 건지 모르겠네요."

"와아."

"첫 생에서의 못다 한 꿈을 이루기 위해 다음 생을 받았는데 꿈 대신 꽃을 피웠어요. 그리고 다시 이 생에 왔으니 이번에는 크게 성공할 거 같네요."

"고맙습니다, 스님."

현아 표정이 밝아졌다.

"오빠, 나 대성한대요."

강토에게도 고마움을 전한다.

"축하해."

대답하는 강토 목소리가 떨렸다.

유럽의 꽃밭.

끝없이 펼쳐진 그 꽃밭.

그리고 꽃 따는 사람들.

100%라고 확신할 수 없지만 그라스의 풍경에 가까웠다.

"그래서 프랑스 유학 간 거네?"

강토가 나름 인증에 들어간다.

"그랬나 봐요. 파리가 괜히 땡겼거든요."

"혹시… 그라스 알아?"

"알죠. 나 거기 좋아해요."

"진짜?"

"그럼요. 파리에서 유학할 때 몇 번이나 가 본걸요. 꽃도 좋고 향수도 좋고… 와아, 나 혹시 두 번째 전생에 거기 산 거 아닐까요?"

"……."

"오빠."

"미, 미안."

강토가 굳은 얼굴을 풀었다. 그라스까지 좋아한다니 자신도 모르게 경직되어 버린 강토였다.

공현아.

그녀의 전생이 아델라이드였을까?

하지만.

그렇다면 메리언은?

강토의 후각이 메리언을 찾아 나선다. 눈으로 볼 필요도 없었다. 그녀는 베티 옆이었다. 그런데 샤워를 한 모습이 아니었다.

"닥터 시그니처."

그녀가 강토에게 다가왔다.

"미안하지만 오늘은 그만 가 봐야 할 것 같아요."

"알레르기 때문인가요?"

"샤워를 하면 나아질까 했는데… 아무래도 여기서 씻는 건 실례일 거 같아서 그만두었어요. 게다가 화장품을 가져오지 않아서요."

그녀가 어깨를 으쓱해 보였다. 이해했다. 여자와 남자의 차이다. 남자는 세숫비누조차 없어도 샤워에 머리까지 감지만 여자는, 그보다는 좀 더 많은 미용 용품이 필요했다.

"내일은 백화점이라고요?"

"네……."

"베티랑 같은 호텔이라 같이 갈게요. 알레르기가 좀 가라앉으면 저도 같이 참석할게요."

"메리언… 혹시……."

"네?"

대답하는 사이에도 그녀 손이 목으로 올라갔다. 발적이 조금 더 진해졌다.

"아, 아닙니다."

미련을 내려놓았다. 알레르기를 무릅쓰고 모델을 해 준 것만 해도 고마운데 전생 운운하며 그녀를 붙잡을 수가 없었다.

"베티."

시선을 베티에게 돌렸다.

"네, 닥터 시그니처."

"내일도 수고해 줘야 할 텐데?"

"당연하죠. 그러려고 코리아에 온걸요."

"그리고 이건 내 선물."

"어머, 저 장미 향수 받았는데요?"

"이건 내가 베티를 위해 따로 만든 거야. 제목은 베티블랑, 블랙커런트와 진저 그리고 피망과 파출리 노트로 만든 건데 베티처럼 액티브하게 행동하는 이미지에 어울릴 것 같아서."

"그럼 이게 저만의 시그니처예요?"

"응."

"와우, 저 뿌려 봐도 돼요?"

"당연하지. 이제 베티 건데."

치잇.

강토 말이 끝나기도 전에 향수가 분사되었다.

"와아앗, 너무 마음에 들어서 질식할 것 같아요."

베티가 제자리에서 두 바퀴를 돈다. 너무나 좋아하니 강토도 행복했다.

"가서 푹 쉬어. 내일은 내가 호텔로 픽업 갈게."

"알겠습니다."

베티의 대답은 하늘이라도 찌를 듯했다. 그녀는 태홍과의 인증 샷을 끝으로 하우스를 떠났다.

"외국 아이가 너무 좋아하네?"

방 시인이 다가왔다.

"네."

"그런데 닥터 시그니처 표정은 그닥 안 좋아. 메리언 전생은?"

방 시인이 물었다.

"메리언이 아이리스 알레르기가 있다네요. 그런데도 제 모델을 서 줬으니… 그래서 전생 보자는 말은 차마 하지 못했어요."

"저런, 그건 잘했다. 아픈 사람 붙잡고 전생 보자는 건 무리지. 더구나 과학적 사고에 익숙한 서양인이니……."

"고맙습니다, 여사님. 그리고 스님."

그래도 인사는 잊지 않고 챙겼다.

"고맙긴, 난 장미 향수 분양받아서 기분이 너무 좋아."

방 시인은 장미 향수를 손에서 떼지 못했다.

모두가 돌아간 자리, 강토가 비로소 상미와 다인의 눈빛을 알아차렸다.

"강토야."

상미와 다인이 고조되기 시작한다.

"뭐야? 우는 거야?"

강토가 슬쩍 염장을 질렀다.

"아, 씨… 너무 좋아서 그러잖아? 비록 성금으로 낸 거라지만 무려 1억이 나왔어. 라파엘 교수님하고 유쾌하 실장님 놀라는 거 못 봤지? 기자들하고 유튜버도 기절 직전이었다고."

"고작 1억 가지고 그러냐? 내 꿈은 100억짜리 시그니처인데."

강토가 웃었다.

"강토야……."

다인과 상미는 결국 강토를 당겨 품에 안고 말았다. 조마조마하던 긴장이 풀리며 울음이 터진 것이다.

지난 1년여의 시간들.

개고생이 따로 없었다. 꽃은 아름답지만 향을 추출하는 건 중노동이었다. 새벽부터 달밤까지. 꽃의 개화에 따라 일어나야 했고 새로운 향 노트를 찾는 강토를 따라 온갖 냄새를 맡고 먹어 봐야 했다.

그럼에도 피곤하지 않았던 건 강토가 만들어 내는 향의 세계 때문이었다. 아름다운 향은 아름다운 대로, 코를 쪼는 향과 악취는 또 그대로, 상미와 다인을 행복하게 만들었다.

그라스 최고의 향 랩 '스멜 콘셉트'와 지보단.

철옹성에 도전하는 강토의 꿈이 불가능은 아닌 것으로 보였다.

"어머."

감격을 나누던 다인이 고개를 들었다. 시선이 겨눈 곳은 마당이었다.

"태홍이잖아?"

상미도 고개를 빼 든다.

모두가 돌아간 빈 마당, 태홍이 바닥의 블로터를 모으고 있었다.

"태홍아."

강토가 뛰어나갔다.

"뭐 하는 거야? 가서 쉬지 않고?"

"선생님 작품이 담겼잖아요? 제가 간직하려고요."

태홍이 얼굴을 붉혔다.

"……?"

그가 모은 블로터를 본 강토 눈빛이 출렁 흔들렸다. 블로터는 수백 개였다. 이제부터 청소 타임을 가지려던 강토. 그러나 한발 앞서 마당을 정리해 버린 태홍이었다.

그런데…….

이 아이가 모아 놓은 블로터가 문제였다. 블로터를 일곱 무리로 나누었다. 문제는 향 분류가 정확하다는 것. 뮤게는 뮤게대로, 월하향은 월하향대로, 그리고 장미와 재스민 역시…….

우연이 아니었다.

이제 몇 시간이 지나 버린 블로터들. 그걸 향대로 구분한다는 건 아무나 할 수 있는 게 아니었다.

'이 아이 후각……'

골똘한 강토 뒤에서 상미와 다인이 또다시 아우성을 쳤다.

"대박이야. 우영자하고 은나래, 김인경이 인스타하고 트위터 올렸는데 반응이 폭발적. 좋아요와 리트윗이 미친 듯이 올라가고 있어."

"7억 성금 낸 것도 인터넷에 올라왔어. 여기도 댓글이 핵폭발이야."

*　　　　*　　　　*

「신이 내린 신상 향수 3종 득템」

몽환의 재스민

환희의 장미

환상의 아이리스

—나 오늘 옷을 세 가지나 입고 잔다.

우영자의 SNS가 신호탄이었다.

사진으로 찍힌 강토의 향수는 반짝반짝 빛이 났다. 원래도 팬층이 두텁던 우영자. 향수 관련 프로그램에 나간 적도 있어 실질 영향력이 있었다. 게다가 인기 절정 연예인의 한 사람. '좋아요'가 숨 쉴 틈도 없이 올라가고 있었다.

은나래가 빠질 리 없다. 그녀도 새로 만든 뮤게 향수를 얻었다. 우영자만은 못하지만 뮤게에 대한 애정은 그 세 향수를 합친 것보다 깊었다.

「내 인생 향수 뮤게—어디서나 군계일학」

—침실의 옷은 한 벌이면 충분.

은나래의 멘트는 간단했지만 반향은 더 컸다. 지금 이 순간, 대중의 인기는 은나래가 더 많이 누리고 있기 때문이었다.

「블랑쉬」

「블랑쉬 하우스」

「윤강토」

「닥터 시그니처」

「달빛 속삭임」

「두근두근 설렘으로」

「마종뿌」

「하얀 유혹」

「우아 in 아련」

「For 수고한 나」

「팬터지 on 블랑쉬」

「손윤희」

「미국판 보그」

강토와 강토의 향수들, 온갖 연관어들이 검색어로 올라왔다.

—넘흐넘흐 갖고 시포

—어디 가면 살 수 있어?

—내일 금란백화점에서 나머지 향수들 행사한대욤.

—선착순인가요?

—오늘 향수는 경매 방식이었대요.

—한 50만 원 지르면 되려나?

—최고가가 1억이었다는데요?

—1억? 커어억.

—그건 기부의 의미 때문이고 실제로는 100만 원에서 1,000만 원 사이라는 소문이…….

—내일도 경매 방식일까요?

—오늘과 똑같다는 정보가 나왔어요.

—앗, 로또 한번 노려 볼까요? 재스민과 장미는 추첨 당첨 가능하다는 말이잖아요?

—님들, 그 향수 다이아몬드 향으로 된 시그니처??

—직관 다녀온 셀럽 지인 말이 잔향, 기품, 정교함, 독창성, 지속성 등이 넘사벽급이라네요.

—맞아요. 장 폴 겔랑과 조 말론을 합친 것 같다는 루머도…….

—루머가 아니고 후각이 천재급이래요. 실제로 SS병원에서 조기암 환자도 여럿 찾아 주었고요.

—시향지라도 얻으러 가야겠다. 시향은 시켜 주겠죠?

—오늘 하우스에서는 그라스의 거리처럼 향수를 뿜뿜 했다

던데요?

—그 향수 내가 줍줍줍.

—에효, 나도 다 벗고 저런 최애 향수 입고 자고 싶다눙…….

읽고 읽고 또 읽어도 끝없이 이어지는 댓글들…….

이 순간이 어떤 향수보다도 아름다웠다. 강토와 상미, 다인은 오랫동안 댓글에서 눈을 떼지 못했다.

하지만.

마냥 감격에 빠질 수만은 없었다.

부릉.

백화점 폐점 시간이 가까운 저녁, 다인이 방개차에 시동을 걸었다. 백화점 특별전에 쓸 향수는 사람보다 귀하게 조수석에 모신 후였다.

"배 실장, 나 폼 나냐?"

다인이 뒷좌석의 상미에게 물었다.

"어울린다. 이 기회에 원료실장 그만두고 로드 실장 어떠냐?"

"왜? 원료실장도 네가 독식하게?"

"그럼 안 될까?"

"아예 독립하지 그래?"

"너무 멀리 가네."

상미가 한 발을 뺀다. 새벽부터 법석을 떨었으니 지칠 만도 하건만 둘의 에너지는 여전히 빵빵했다.

"대표님."

다인이 강토를 부른다.

"왜?"

"내일은 어떻게 될까?"

"또 걱정이냐?"

"오늘은 워낙 거물들이 많이 왔으니 대박이었지만 내일은 좀 덜하지 않을까 해서……."

"그럼 우리가 분양 신청 알바 투입할까? 대략 100만 원 정도 질러서 분위기 잡으면 체면 유지는 되지 않겠어?"

"대표님……."

강토의 농담에 다인의 맥이 풀린다.

"걱정 말고 운전이나 해. 10만 원이면 어때? 다음에 더 잘 만들어서 100만 원, 1,000만 원짜리 내놓으면 되지."

"아, 저 강철 마인드……."

다인이 혀를 내두른다.

시간은 제대로 맞췄다. 멀리 보이는 금란백화점의 조명이 꺼지기 시작하고 있었다.

"닥터 시그니처."

지하에서 올라온 엘리베이터 문이 열리자 심영화가 뛰어왔다.

"좀 늦었죠?"

"아니야, 지금 세팅 중이니까 잘 온 거지."

"어."

특별관을 향해 가던 강토가 심영화를 돌아보았다.

"왜?"

"혹시 저희 할아버지 오셨어요?"

"어머, 귀신, 아까 오셨다 가셨어."

"가셨다고요?"

"응."

"왜 가셨지?"

강토가 중얼거렸다. 할아버지의 앵콜전은 다음 주말에 열린다. 그것 때문에 들렀을 수 있었다. 하지만 그런 말이 없었으니 행보가 궁금했다.

"가 봐. 가 보면 알아."

심영화가 강토 등을 밀었다.

"……?"

특별전 공간에 들어선 강토가 눈을 의심했다. 그림이 걸리고 있었다. 100호짜리 초대작이었다. 꽃의 정원이다. 아이리스와 장미, 그리고 재스민과 백합, 라일락, 수선화, 벚꽃에 옥잠화까지 들어찬 대작…….

"사모님."

"닥터 시그니처의 특별전 벽에 걸려고 준비하신 거래. 원래는 내일 아침까지 비밀로 해 달라고 하셨는데 미리 자리를 잡아야 하니… 아이, 참…….”

심영화가 얼굴을 붉힌다.

‘할아버지…….’

강토 심장이 쿵쾅거렸다. 봄부터 집을 비우는 시간이 많았던 강토였다. 새 노트가 될 만한 냄새 분자를 찾아 돌아다녔고 상당수의 나날은 가의도에서 향 추출을 주도했다. 그때 그린 모양이었다. 그렇기에 강토는 낌새도 모르고 있었다.

“역시 윤 화백님은 멋쟁이시라니까.”

“나도 저런 할아버지 계셨으면…….”

다인과 상미 목소리도 촉촉해진다.

“됐고, 향수나 점검해. 배경 향으로 쓸 거하고 증정용 미니어처…….”

강토가 괜한 목청을 높였다. 할아버지는 할아버지고 일은 일이었다.

마케팅 이사가 직접 디스플레이를 총괄했다. 금란백화점 개점 이래 없었던 일이다. 박광수의 특별 배려를 볼 수 있는 광경이었다. 플로어 매니저도 둘이나 달라붙었다. 그들 역시 향수 하나하나를 보석처럼 받들었다.

향수는 하루 종일 전시가 된다. 각 향수에 대한 경매는 응모함을 통해 신청받는다. 분양 결과 발표는 폐점 1시간 전에 할 예정이었다. 그래야 백화점 홍보 효과에다 반사 매출까지 기대할 수 있기 때문이었다.

그 중간 중간에 샘플 향 스프레이가 분사된다. 시간별로 시향 행사도 갖는다. 특별관 배치와 진열장 등도 초특급이었다. 더 매력적인 건 이 행사의 입점료가 무료라는 것. 박광수의 통 큰 지원이었다.

"닥터 시그니처."

전시 준비가 끝나갈 무렵에 박광수가 들어왔다.

"비즈니스 때문에 좀 늦었네."

그의 관심도 역시 전시장이다. 이사의 보고를 들으며 하나하나 체크를 한다.

"마음에 안 드는 거 있으면 얘기하시게. 판을 갈으라고 해도 갈아 드릴 테니."

강토에 대한 박광수의 신뢰는 하늘을 찔렀다.

"이 정도면 충분합니다. 결과나 잘 나왔으면 좋겠네요."

강토가 고마움을 표했다.

"아까 하우스의 반응 이상으로 잘 나올 걸세."

"……."

"내 말 못 믿겠으면 나가 보면 알아요. 나도 그거 보니까 일말의 우려가 싹 사라지더라고."

'밖?'

그 말뜻은 곧 알게 되었다.

"옴마야."

돌아가는 길, 도로로 나오던 다인이 화들짝 놀랐다. 상미도 그랬다.

"……!"

강토의 시선도 거기 멈춰 버렸다. 셔터를 내린 정문 앞이었다. 거기 줄을 선 사람들이 있었다. 그 줄은 끝도 없이 길었다.

"특별전 보려고 몰려온 분들입니다."

배웅을 위해 내려온 플로어 매니저가 강토 귀에 속삭였다.

"할아버지."

집에 도착하기 무섭게 화실 문을 열었다.

"왔냐?"

할아버지는 전시회 작품 마무리를 하고 있었다. 지난겨울의 전시회 이후로 네 작품을 더 그렸다. 과거에 그려 둔 작품까지 합치면 약 15점. 앵콜전은 문제가 없었다.

"할아버지."

강토를 쳐다보지 않으니 얼굴을 디밀었다.

"방해된다."

할아버지는 그래도 몰입에서 깨어나지 않았다.

"왜 말하지 않으셨어요?"

할 수 없이 벽의 작은 의자에 앉아 볼멘소리를 터뜨렸다.

"백화점 다녀왔냐?"

"네."

"우리 닥터 시그니처가 바빠서 얼굴 보기도 힘들었지 않냐."

"그래도 그렇죠. 할아버지도 바쁘시면서?"

"바쁘면 좋지 않냐? 사람은 일이 없으면 시드는 거야. 네 꽃처럼."

할아버지가 비로소 돌아보았다. 갓 뚜껑을 연 찐빵 내음처럼 푸근하다. 할아버지는 언제나 그랬다. 강토가 후맹으로 놀림을 받을 때도, 저 건조한 중동의 땅에서도.

할아버지는 언제나 강토 편이었다.

"오늘 굉장했다. 네 엄마 아빠도 좋아했을 거야."

"그랬을까요?"

"여자들에게 너무 인기가 좋으니 시샘도 나고."

"할아버지 팬도 많잖아요."

강토가 웃었다. 그건 사실이었다. 지난겨울의 전시회 이후로 할아버지 위상은 변했다. 강좌 요청도 많고 인터뷰 요청도 끊이지 않았다.

더 대단한 건 할아버지의 가치관이었다. 이번에 전시 작품에는 향수를 먹이지 않았다. 할아버지의 뜻이었다.

—조향사는 향수로.

—화가는 그림으로.

한 번은 선을 넘었지만 두 번은 안 돼.

할아버지의 똑 부러지는 정의 앞에 강토는 토를 달지 못했다. 쉬운 길보다 바른 길을 가려는 분. 강토는 그 가르침도 마음에 새겼다.

"그림값 드려야 할 텐데……."

강토가 중얼거렸다.

"됐다. 지난해에 도와준 것에 대한 보답이다. 하우스의 조향 오르간 뒤가 좀 허전하기도 했고."

슬쩍 그림 걸어 둘 곳까지 지정하신다.

"흐음, 현찰 거래는 않으시겠다?"

"오냐."

"좋아요. 그럼 현물거래로 하죠. 향수 필요하면 말씀하세요. 니치든 시그니처든."

"그건 일단 접수해 두마."

조금 투박하지만 감사에 대한 입장은 이렇게 마무리가 되었다.

다락방으로 올라왔다. 하늘이 보이는 창을 보며 누웠다. 여기는 어머니의 배 속처럼 안락하다. 지금도 그랬다. 눈은 별을 보는데 코에는 아델라이드의 향이 맴돌았다. 만들다 만 초벌향 때문이었다. 배와 민트, 베르가모트로 초벌 스케치를 끝낸 향이었다.

올해, 이런 초벌 스케치는 수십, 수백 편에 이르렀다. 강토의 영감에는 휴일이 없었고 의욕은 산소처럼 충만했다. 조금이라도 꾀가 나면 블랑쉬의 삼나무 향수를 소환했다. 그 흔적들이 담긴 블로터에서 아델라이드의 향이 코를 당긴 것이다.

공현아.

스님의 전생 보기가 맞다면.

그녀는 그라스의 전생을 가진 사람.

살짝 고양되었던 긴장이 풀리자 현아와 메리언의 얼굴이 겹쳐 왔다.

하지만.

이 해법은 명쾌하지 못했다. 메리언의 전생을 보지 못했기 때문이었다.

순간…….

"윽."

강토가 비명을 터뜨리며 일어났다.

'블랑쉬.'

서둘러 삼나무 향수를 집는 얼굴에 식은땀이 흐른다.

'설마?'

식은땀이 번지면서 정수리에 한기가 몰아친다. 강토 손이 아델라이드 향이 나는 향갑을 짚었다. 메리언의 모습이 떠오른다.

아이리스.

그녀가 좋아하는 꽃이다. 그러나 애석하게도 아이리스 알레르기가 있다. 현아도 마찬가지다. 그럼에도 불구하고 강토를 위해 모델을 자청했던 메리언와 현아…….

이건 은나래의 뮤게와 같을 수 있었다.

은나래의 뮤게 알레르기는 그녀에게서 추출한 체취로 해결을 했다. 전생보다는 과학적(?)이다.

그렇다면.

그렇다면 강토가 가지고 있는 아델라이드의 향갑.

그 향갑에 들어 있는 진짜 아델라이드의 체취…….

이걸 블렌딩한 아이리스 향수 팬터지 on 블랑쉬를 뿌려 보면?

'맙소사.'

예지 하나가 머리를 쪼고 갔다.

"할아버지, 저 하우스에 가요."

키를 집어 든 강토가 방개차를 향해 뛰었다.

"얀마, 이 밤에 왜?"

할아버지가 묻지만 듣지 못했다.

부릉.

도로에 올라서면서도 강토 머리에는 한 단어뿐이었다.

「아델라이드의 체취」

궁금했다.

확인이 필요했다.

향의 기원을 찾아내는 건 조향사의 일이다.

블랑쉬와 연관된 일이라면 더욱.

*　　　　*　　　　*

똑똑.

노크를 했다.

기척이 나기를 기다렸는데 문이 왈칵 열려 버렸다.

"굿모닝? 닥터 시그니처."

문 앞에 베티가 서 있다. 음악을 듣던 건지 목에는 이어폰까지 걸려 있었다.

"내가 너무 일찍 온 건 아니지?"

"아뇨."

들어가도 되냐고 묻기도 전에 베티가 강토를 당겨 버렸다.

"잠은 잘 잤고?"

"덕분에요."

베티가 베티블랑과 'For 수고한 나'를 들어 보인다. 그녀 몸에서는 아직도 향수 냄새가 났다. 베티블랑과 장미 향, 두 가지 냄새였다.

"고민하다가 둘 다 뿌리고 잤어요. 마릴린 먼로처럼요."

베티가 생글거린다. 아침부터 활짝 핀 그녀의 세포는 첫 햇살을 받은 장미처럼 활력에 넘쳤다.

"베티도 먼로를 알아?"

"원래는 몰랐는데 향수 배우면서 알게 되었어요. 향수를 진짜 사랑하게 되면 향수를 입고 자게 된다고……."

"식사는?"

"먹었어요."

이번에는 주스 잔을 들어 보인다. 그게 아침 식사인 모양이었다.

"메리언은 못 봤어?"

"어제 밤에 보았는데 시차 때문인지 피곤하다며 늦잠을 자겠다고 했어요."

늦잠.

그 단어가 강토에게 벽을 만들었다.

베티는 현장 모델을 맡아 주기로 했다. 하지만 메리언은 그냥 날아온 사람이었다. 게다가 오늘은 베티와 태홍이만 그때그때 수고하면 될 일. 그러니 그녀의 잠을 방해할 수 없었다.

"잠깐만."

영문자를 보냈다.

「굿모닝? 베티 데리러 왔는데 알레르기는 좀 괜찮아요?」

"메리언에게 보내는 거예요?"

베티가 물었다.

"응."

"제가 가 볼까요? 바로 위층이에요."

"아니야. 피곤할 때는 푹 자는 게 약이니까."

"……."

"베티는 나갈 준비 해."

베티에게 말하고 잠깐을 기다렸다.

답이 오지 않는다.

'할 수 없지.'

핸드폰을 주머니에 넣고 일어설 때였다. 문 쪽에서 노크 소리가 들렸다.

"메리언이 왔나 봐요."

가방을 챙기던 베티가 고개를 들었다.

"맞아."

강토 얼굴이 환하게 펴졌다. 기척보다 체취를 먼저 느낀 것이다.

"닥터 시그니처."

문 앞의 베티가 숨으라는 신호를 보낸다.

"좋은 아침입니다, 메리언."

베티가 문을 열었다. 아침 인사는 한국말이었다.

"오, 한국말도 할 줄 알아?"

메리언이 베티 머리를 토닥거린다.

"한국에 대한 예의잖아요? 그래서 몇 마디 배워 왔어요. 제 유튜브 구독자들 중에 한국 사람도 있거든요."

“나보다 백배는 낫구나? 그런데 닥터 시그니처는?”

안으로 들어선 메리언이 객실을 돌아본다.

“아직 안 왔는데요?”

“빨리 나와요. 노란 비틀 오는 거 다 봤거든요.”

소파에 앉은 메리언이 커튼 뒤를 보며 말했다.

“아, 재미없어.”

베티가 그 앞 소파에 털썩 주저앉았다. 강토 역시 커튼을 들추고 모습을 드러냈다.

“굿모닝?”

“굿모닝.”

“알레르기는요?”

“샤워하고 푹 쉬었더니 문제없어요.”

메리언이 목을 보여 주었다.

“메리언, 아이리스 트러블이 있으면 제 걸 뿌려요. 제가 한 번은 양보할게요.”

베티가 베티블랑을 들어 보인다.

“그럴까?”

메리언이 웃을 때 강토가 미니어처 하나를 내밀었다.

“아이리스네요?”

미니어처 향을 맡은 메리언이 강토를 바라보았다.

“초자연적인 알레르기 방지제를 살짝 가미했는데 한번 테스트해 보시겠어요?”

"초자연적 알레르기 방지제?"

"네."

"으음… 나중에 뿌려 보면 안 될까요? 혹시라도 또 발진이 생기서 닥터 시그니처의 백화점 런칭 행사를 못 보면 어떡해요?"

"……"

살짝 말문이 막혔다. 강토는 궁금하지만 그녀가 강토 속을 알 리 없었다. 게다가 이미 체험한 아이리스 알레르기. 주저하는 것도 일리가 있었다.

"알았어요. 그럼 어떡할까요? 베티와 저는 지금 출발할 건데……"

"저도 같이 갈 수 있나요?"

"당연하죠. 채비 갖추고 현관 앞으로 오세요."

"알겠어요."

메리언이 일어섰다.

"그럼 우리도 준비할까?"

"네."

대답하는 베티에게 새 미니어처를 건네주었다. 베티가 맡아 줄 장미 노트 향수였다. 첫 행사는 오전 10시 30분이다. 상미가 망토를 준비하겠지만 베티도 뿌리는 게 좋았다.

"어깨, 손목, 허리, 그리고 다리 안쪽과 종아리?"

"오케이."

강토가 웃자 베티가 샤워실로 달렸다.

치잇.

향수가 분출된다.

소파의 강토에게 들릴 리 없다. 하지만 강토는 알 수 있다. 베티가 몇 번째 향수를 뿌리는지. 미세한 미스트라고 해도 후각의 레이더를 피할 수 없었다.

좋았어.

강토가 일어섰다. 베티가 그 뒤를 따랐다.

"메리언."

조수석의 베티가 열린 창으로 손을 흔들었다.

"……?"

돌아보던 강토 눈이 휘둥그레졌다. 메리언의 목과 손목에 스카프가 둘러 있다. 어제 모델 하던 때의 콘셉트였던 것. 저 스카프에는 아직도 아이리스 향이 남아 있다. 미세한 잔향이지만 적어도 세 달은 간다. 향료들이 기막힌 어코드를 이루고 있기 때문이었다.

"……?"

영리한 베티가 강토를 돌아본다. 그녀도 이유를 알아차린 것이다. 알레르기 때문에 고생했으니 스카프는 벗고 오는 게 옳았다.

'맙소사.'

강토 정수리에 찬바람이 불었다. 진짜 이유를 알았다. 메리언이 다가오자 아이리스 향이 진동을 했다. 미니어처 하나를 다 퍼부은 모양이었다.

"닥터 시그니처."

차 앞에 서더니 두 팔을 벌리며 생글거린다.

"교정된 향이 기가 막혀요. 아무렇지도 않다고요. 이런 상태라면 저 오늘도 자원봉사 모델 가능해요."

그녀의 목소리가 높아진다. 반대로 강토의 귀는 먹먹해지고 있었다. 그 먹먹함이 이내 심장으로 직행한다.

교정된 미니어처.

어젯밤 하우스에서 벌인 작업이었다. 딱 하나의 비방을 첨가했다. 아델라이드의 향갑에서 추출한 그녀의 체취. 체취 분자가 들어간 향수는 개인의 알레르기를 없앤다.

그게 통했다.

미친 적중이었다.

'아아…….'

잠시 아뜩해진다.

이건 현아의 전생에서 엿본 것보다 더 충격적인 팩트였다.

조수석으로 들어온 그녀가 손목을 보인다. 발적이 보이지 않는다.

아니.

무엇도 보이지 않았다.

강토 눈에 가득한 건 블랑쉬가 울음을 터뜨리던 그 아이리스 평원이었다. 흰색 축복이 펼쳐지던 그 광야… 차마 메리언에게 흡수되어 버릴 듯한 그때.

"출발."

베티의 불어가 강토의 정신 줄을 제자리로 돌렸다. 그제야 겨우 브레이크페달을 놓는 강토였다.

"닥터 시그니처다."

"장미 향 모델을 했던 베티야."

백화점 앞에 도착하자 소란이 일었다. 메리언, 베티와 함께 내리자 밤새 기다리던 인파들이 몰려든 것이다.

"저기요, 좀 비켜 주세요."

박광수가 배치한 안내원들이 인파를 막아섰다.

"그냥 두세요."

강토가 안내원에게 양해를 구했다. 그들은 밤을 지새웠다. 여자 친구들끼리, 혹은 이성이나 연인과 함께. 그런 그들을 그냥 지나칠 수 없었다.

"여러분, 고맙습니다."

인사를 한 강토가 베티에게 향수를 건넸다. 예비용으로 가지고 있던 베티의 '베티블랑'이었다.

"부탁해."

"제가요?"

"당연하지. 이 향의 진짜 주인은 베티니까."

"좋아요."

베티가 향을 받아 들었다. 바로 향을 분사하기 시작한다.

치이잇.

"와아아."

인파들이 환호했다. 베티는 환호의 줄을 따라 끝없이 달렸다. 두 다리가 없지만 두 다리가 있는 사람보다 빨랐다.

"베티다."

"베티."

뒷줄의 인파들이 자지러진다. 그녀들은 SNS를 통해서 이미 베티를 알고 있었다.

두 다리가 없는 블레이드 러너 베티.

한 번만 봐도 잊을 수 없기 때문이었다.

"와아, 이 향……."

"세포가 다 깨어나는 거 같아."

인파의 반응은 질식에 가깝다.

"에헷, 이게 바로 닥터 시그니처가 만들어 준 베티 시그니처 '베티블랑'이라고요."

베티가 영어로 외친다.

"베티's 시그니처?"

영어를 아는 사람들이 중얼거린다.

"닥터 시그니처."

인파 사이에서 낯익은 사람이 튀어나왔다. 서나연 기자였다. 일찌감치 달려와 현장을 취재하고 있던 모양이었다.

"미공개 신작인가요?"

그녀도 베티블랑의 향을 맡았다.

"네, 모델을 맡아 준 베티를 위해 만든 겁니다."

강토가 베티 뒤에서 어깨를 짚었다.

"너무하네요. 신작들 매력에 빠지기도 전에 또 다른 작품이라니?"

"언제 오신 거예요?"

"미인은 잠꾸러기라기에 꿀잠 좀 잘까 했는데 제보가 오지 뭐예요. 금란백화점에 난리 났다고. 박 부장님이 쪼기 전에 알아서 셀프 출동 했어요."

"제가 많은 분들 고생시키네요."

"이런 고생이라면 백번 환영입니다. 박 부장님이 그러던데 어제 우리 부서로 외국 향수 전문기자들과 비평가들, 패션잡지, 코스메틱 전문가들의 문의가 굉장히 많이 들어왔대요. 이러다 닥터 시그니처, 얼굴 보기 힘들어지는 거 아닌지 모르겠어요."

"말씀이라도 고맙습니다."

대화하는 사이에도 카메라가 쉴 새 없이 터졌다. 인파들이었다. 강토와 베티를 찍느라 바빴다. 그들에게 손을 흔들어 주고 직원 전용 입구로 들어섰다.

메리언의 일과 인파들.

여전히 붕 뜬 기분이다.

하지만.

할 일은 잊지 않았다.

금란백화점 론칭 타임이었다.

"선생님."

특별관 앞에서 태홍이 달려나왔다. 태홍은 상미와 다인에게 부탁했던 강토였다. 다인도 이제 차가 있기 때문이었다.

"베티."

"태홍."

나이가 어리면 금방 사귄다. 어제 처음 본 두 아이들, 공통점이 많은 까닭인지 오랜 친구처럼 보였다.

"오셨습니까?"

플로어 매니저가 다가왔다. 특별관 전시대는 재스민과 장미, 아이리스를 그린 대형 현수막으로 가려져 있었다. 곧 이어 이사도 나왔다. 그야말로 파격 대우가 아닐 수 없었다.

"준비는?"

강토가 상미를 바라보았다.

"완료."

상미가 손가락 두 개로 거수경례를 붙인다. 그 뒤로 특별전을 도와줄 도우미로 선발된 여직원 일곱 명이 도열했다. 의상까지 주제에 맞춘 세팅이었다. 기타 보안 요원들도 만반의 준비를 갖춘 후였다.

"현장 모델 말이야, 베티와 태홍에 더해 메리언도 추가야. 오늘도 자원봉사 가능하시대."

상미에게 소식을 전했다.

"어머, 알레르기는?"

"내가 해결했어."

"정말?"

"응, 그러니까 참고해."

강토가 매조지를 했다.

오전 10시 30분.

마침내 백화점 문이 열렸다. 밤새 기다리던 인파들이 몰려들었다. 그녀들은 입구에서부터 특별한 향을 맡았다. 강토가 만든 매출 증진용 향수였다. 하지만 그 향은 특별관 앞에서 변했다. 이제는 고객이 된 인파들은 여러 향에 고루 취했다. 오늘 공개하는 향수의 맛보기였다.

"와아."

특별관 앞에 서기도 전에 이미 반쯤 다리가 풀린 고객들. 입추의 여지도 없이 둘러선 고객들 앞에서 강토의 특별전이 베일을 벗었다.

"안녕하세요?"

"하우 아 유?"

"봉쥬르?"

베일 속에서 나온 건 베티와 태홍, 그리고 메리언. 그들이 손을 흔들었다. 셋은 어제와 비슷한 패션이었다. 베티와 태홍은 유려한 망토를 둘렀고 메리언은 목과 손목에 스카프를 둘렀다.

강토는 그 뒤에서 모습을 드러냈다.

"닥터 시그니처야."

고객들이 자지러진다. 이 순간, 강토는 이미 셀럽 이상의 반열에 있었다. 단 하루, 폭발적인 SNS의 위력이 강토를 유명인으로 업그레이드시킨 것이다.

꽃이 쌓였다.

수많은 고객들이 한 송이, 혹은 한 다발의 꽃을, 자신이 마음에 드는 향수 앞에 헌정하기 시작하더니 그냥 하나의 문화가 되어 버렸다. 각 전시대 아래 쌓인 꽃은 수천 송이에 가까웠으니 거기서 나는 향도 분위기에 한몫을 했다.

치이잇.

강토의 답례는 향수였다. 그게 사인이었다. 베티와 태홍이 경쾌한 워킹을 시작했다. 특별관을 원형으로 둘러싼 고객들 사이로 난 1m의 공간이 런웨이였다. 메리언도 그 뒤를 따른다. 약간의 간격을 두고 고객들은 순수와 열정, 그리고 정화된 관능의 향에 빠져들었다. 짧은 순간의 폭로지만 빨려 들어가고 싶은, 그야말로 치명적인 이끌림이자 호소력이었다.

워킹 직후에 베티와 태홍이 망토를 벗었다. 블레이드 러너가 드러났다. 고객들은 잠시 놀라는 표정을 지었지만 이내 박수로 보답했다.

그때 뒷줄이 웅성거렸다. 이벤트에 열중하는 사이에 굉장한 향이 풍겨 온 것이다. 손윤희였다. 그녀가 와 준 것이다.

"손윤희다."

첫 반응은 속삭임에 가까웠다. 하지만 뒤돌아본 고객들은 또 달랐다.

"손윤희다."

사람들의 이목이 벼락처럼 쏠렸다. 손윤희는 어제 같은 향을 풍기며 등장했다. 전면에는 농부르 띠미드, 후면에는 '두근두근 설렘으로'.

"까악, 이게 농부르 띠미드인가 봐?"

"짝꿍 향수, 앞뒤의 향이 달라."

"미치겠어."

사람들이 자지러지는 사이에 손윤희가 강토 앞에 마주 섰다.

"닥터 시그니처."

"바쁘신데 또 오셨어요?"

강토가 그녀를 환영했다.

"당연히 와야지. 닥터 시그니처가 아니었다면 이 행복한 향도 못 맡고 있을 텐데. 게다가 저 먼 프랑스와 미국에서 날아온 사람들도 있는데."

손윤희가 돌아보자 베티와 메리언이 눈인사를 해 왔다.

그게 축제의 시작이었다. 일곱 여직원과 베티, 태홍은 물론, 손윤희와 강토까지 나서서 향을 묻힌 블로터를 나눠 주자 고객들의 반응은 폭발적으로 변했다.

시향에 빠진 사람.

베티나 태홍, 손윤희와 사진을 찍는 사람.

강토와 인증 샷을 찍는 사람…….

초대박의 첫 타임이었으니 기자와 화장품 업계, 관계자들도 줄을 이었다. 그들은 한결같이 뒤집어졌다. SNS와 유튜브의 현장 영상을 보고 달려왔더니 영상보다도 더 뜨거운 광경이 연출되고 있었던 것이다.

첫 타임.

여기서 각 향수의 전시대 아래에 마련된 분양 응모함이 가득 차 버렸다.

손윤희가 돌아간 점심의 피크 타임도 그랬다. 규모는 줄어들었지만 열기는 더했다. 상당수의 고객들은 시향용 블로터조차 소중하게 모았다. 어린 여학생들과 젊은 여성들이 특히 그랬다.

마지막 행사 직후에 현아가 도착했다.

"늦어서 미안해요."

대기실로 들어온 현아가 얼굴을 붉혔다.

"아니야, 와 준 것만 해도 고맙지."

"오늘 반응은 더 뜨겁던데요?"

"다들 성원해 준 덕분이야."

"행사는 다 끝난 건가요?"

"향수 분양 당첨자만 정하면 되는데 응모함이 모자라서 하나씩 더 붙였어."

"와아, 어떤 결과가 나올지 궁금하네요."

"나도 그래."

"추첨 같은 거 필요하면 제가 잠깐 도와 드릴게요. 저녁 촬영이 9시부터거든요."

"자리만 빛내 줘도 고마워."

"아니에요. 아까 윤희 이모가 전화하셨던데 여기 다녀간다면서 가면 오빠 많이 좀 도와주라고 하시더라고요."

"그보다……."

강토가 시그니처를 골라 들었다.

"신작이에요?"

"그건 아니고 아이리스 트러블 있다고 그랬잖아?"

"네."

"이거 향을 교정한 향수거든. 조금만 뿌려 볼래? 메리언도 그렇고 해서 따로 만들어 봤는데……."

"그럼 한번 테스트해 볼까요?"

현아가 미니어처를 받아 들었다.

치잇.

현아 손목에 향수가 분사되었다.

그때 메리언이 태홍을 끌고 다가왔다.

"태홍 말이에요, 다음 제 패션쇼 때 베티랑 짝꿍 모델로 써 보려는데 어떻게 생각하세요?"

"어? 좋은 생각인데요? 하지만 태홍이가 아직 진짜 런웨이는 무리일 텐데요?"

"알아요. 하지만 연습은 제가 동영상으로 시켜도 되고… 또 장애가 있으니 조금 서툰 건 다들 이해할 거예요."

"태홍이 생각은?"

강토가 태홍의 의견을 물었다.

"딱 한 번만 해 보고 싶어요."

뜻밖에도 태홍이 옵션을 걸었다.

"딱 한 번? 왜?"

"저는 향수를 배우고 싶거든요."

"향수?"

강토가 흠칫거릴 때 현아가 손목을 내밀었다.

"오빠, 이 향수……."

"……?"

강토 시선이 현아의 하얀 손목에 꽂혔다.

*　　　*　　　*

우윳빛 하얀 살결.

그 손목에 붉은 꽃이 피었다.

울긋불긋한 꽃에 향수 분자가 아른거린다.

교정된 팬터지 on 블랑쉬.

아델라이드의 향갑에서 향 분자를 추가했던 그 향수였다.

"죄송해요."

현아가 얼굴을 붉힌다. 강토의 기대에 부응하지 못한 미안함이었다. 하지만 그건 현아의 잘못이 될 수 없었다.

강토의 시선이 메리언에게 향한다.

두 여자가 있다.

둘 다 아델라이드의 체취를 가지고 있다.

한 사람은 그 체취를 받아들이고 또 한 사람은 그렇지 않았다.

그러니까 화학적으로는 메리언이, 아델라이드에 가깝다는 얘기였다.

"선생님, 마지막 이벤트 준비가 끝났습니다."

도우미 여직원이 들어왔다.

폐점을 앞둔 마지막 행사. 강토만의 감정에 취할 때가 아니었다.

"닥터 시그니처."

마무리가 가깝자 박광수가 내려왔다. 그의 아내 심영화와 둘이었다. 그의 허그는 오늘도 과격했다. 그럴 수밖에 없었다. 오늘 이 향수 특별전을 보기 위해 몰려온 인파가 무려 5,000명

이상이었다.

향수. 과거에는 하나의 계급이자 고급문화였다. 가난한 사람은 결코 향유할 수 없었다.

지금은 다르다.

가난한 사람도 향유할 수 있다.

하지만 아주 그렇지도 않다.

향수의 가격 때문이다.

특히 명품 향수들이 그랬다.

그 말은 곧, 그런 향수에 열광하는 사람이라면 나름 구매력도 있다는 뜻이었다. 수천 명의 인파들 중에는 첫 이벤트 후에 돌아간 사람도 있지만 대다수가 남았다. 그들은 백화점에서 시간을 때웠다.

지하의 식품 매장이 수혜를 제대로 봤다. 평일 매상의 4배를 넘었다는 말이 돌았다. 백화점의 각 플로어 역시 2배 이상의 매출을 올렸다. 강토의 특별전에 입점료(?)를 받지 않은 박광수. 그의 선택은 결코 밑지는 장사가 아니었다.

"또 대박이군?"

강토의 어깨를 맞잡은 그의 손에 신뢰가 탱탱했다.

"회장님 덕분입니다."

"천만에, 내 덕분이라면 평소에도 우리 백화점이 미어터져야지. 이건 닥터 시그니처 덕분이야."

"하지만 오늘은 어제처럼 무리하지 마시기 바랍니다."

강토가 웃었다. 어제, 마지막 분양 신청에서 무려 1억을 써 넣은 박광수였다. 그걸 상기시키는 강토였다.

"닥터 시그니처께서 원하니 오늘은 참가하지 않겠네."

"사모님도요?"

"어머, 내 친구들은 출동했는데?"

사모님을 돌아보자 그녀가 자수를 했다.

"친구분들까지 말릴 수는 없지요."

"자자, 나가시게. 밤샘 인파들에 기자들까지… 백화점이 터질 지경이야."

박광수가 문을 가리켰다.

"베티, 태홍, 메리언?"

강토가 세 모델을 바라보았다.

"옛썰."

베티가 먼저 반응했다.

"마무리해야지?"

강토가 망토를 들어 보였다. 세 번째 망토였다. 모든 망토의 향수는 세 시간 전에 뿌려졌다. 강토의 향수는 3시간이 지나면 향이 절정에 달하는 찐 퍼퓸이었다. 이 상태로도 절정기가 5시간 이상 지속된다. 아침에 한 번 뿌리면 저녁까지 문제가 없는 것이다.

짝짝짝.

박수가 쏟아졌다.

햇살처럼 쏟아졌다.

강토는 이미 셀럽이었다.

수많은 인기인이 있다. 그들의 직종은 천차만별이었다.

하지만.

단언컨대 조향사로서 이런 열광은 강토가 처음이었다.

「닥터 시그니처」

「마종뿌」

「팬터지 on 블랑쉬」

「두근두근 설렘으로」

「하얀 유혹」

「우아 in 아련」

「For 수고한 나」

그들의 핸드폰 액정에서 강토의 작품 제목들이 반짝거렸다. 어느 것 하나 절대적이라고 할 수 없을 정도로 고루 사랑받고 있었다.

"감사합니다, 여러분."

그들의 성원에 답했다.

"와아아."

고객들이 자지러진다. 그 열광의 보답을 위해 마지막 향 스프레이가 발사되었다.

"와아아아."

고객들은 몽환의 세계로 고스란히 옮겨 간다. 그 틈으로 베티와 태홍, 그리고 메리언이 파고든다. 재스민과 장미, 아이리스의 진수. 그것은 좋은 냄새와 향수가 어떻게 다른지를 보여주는 궁극이었다.

좌라라라랑.

때맞춰 브람스의 현악 6중주가 흘러나온다. 그 곡은 곧 프로코피예프의 제1교향곡으로 변한다. 선율에 올라탄 향수의 호소력은 명곡의 위엄조차 살포시 밀어냈다.

피아노 건반은 88개.

그 88개로 만들어 낸 감동이 얼마였던가?

건반 세 개만 짚어도 10만 개 이상의 음을 창조한다.

하지만 향수의 원료는 거의 무한.

그렇기에 베티와 태홍, 메리언이 선보이는 세 가지 향수만으로도 10만이 아니라 100만의 아찔함을 창조하고 있었다.

강토의 순간이.

유튜버와 SNS를 타고 향수 분자처럼 퍼져 나갔다. 그 확산력은 강토의 향수조차 넘볼 수 없는 넘사벽이었다. 블로터를 나눠 주는 상미와 다인이 보인다. 그녀들의 얼굴에 더 이상의 불안은 없었다. 강토처럼 행복할 수 있는 건 '하우스 블랑쉬'의 멤버 이름에 그녀들 이름이 함께 빛나기 때문이었다.

여직원들도 아우성에 묻혔다. 고작 블로터로도 이토록 뜨거운 반응을 받는 것이다.

"어마어마하네요."

뒷줄의 차 선생이 혀를 내두른다. 그녀 옆에는 유쾌하와 오 팀장이 있었다.

"차 샘."

핸드폰을 쳐다보던 유쾌하가 낭보를 전했다.

"방금 사내 공지 문자가 왔는데 차 샘, 내일자로 승진이야."

"네?"

"작년에 닥터 시그니처가 우리 조향 팀에 학생 인턴으로 왔을 때 말이야, 오 팀장보다 차 샘이 그 능력을 먼저 알아봤다며?"

"그거야 실장님께서 먼저……."

"그때 다른 학생과 착오를 일으킨 오 팀장 의견에 부화뇌동해서 잘라 버렸으면?"

"실장님……."

오 팀장이 얼굴을 붉힌다. 생각만 해도 아찔하다. 저 엄청난 천재와 척을 질 뻔한 것이다.

"낮에 중역 회의에 들어갔었는데 우리 향수도 후광효과가 엄청나대."

"정말요?"

차 선생이 반색을 했다.

"어제 하우스 소식이 SNS를 탄 후로 주문이 폭발적으로 늘었다는 거야. 국내는 물론이고 미국과 프랑스, 그리고 중국에서도……."

"와아… 그럼 닥터 시그니처에게 보너스 줘야 하는 거 아니에요?"

"슬쩍 그런 의견 던져 봤더니 마케팅 이사님 안색이 변하더군. 그쪽은 자기들의 마케팅 덕분이라는 거야."

"푸헐."

"보너스와 상관없이 저 친구는 대성할 거야. 우리는 유행의 틀에 얽매여 허덕이지만 저 친구는 향을 가지고 놀잖아."

"그건 그런 거 같아요. 이번 신작도 정말……."

"퓨전에 빠진 조향사들에게 한 방 제대로 먹인 거지. 퓨전이라는 새 옷으로 소비자를 현혹하는 우리들, 거기다 일침을 가한 거야. 천연향료란 이렇게 쓰는 것이다. 소비자의 눈을 가리는 아이템, 아부나 떠는 아이템으로 쓰지 말고 진짜 매력을 끌어내라. 그도 아니면 함부로 천연향료의 우수성을 논하지 말라."

"아우, 신랄한데요?"

오 팀장이 웃었다. 백배 공감이었다.

"실장님, 팀장님."

그들 뒤로 할아버지가 나타났다. 방 시인에 스님까지도 동행이었다.

"윤 화백님 오셨군요?"

아네모네 팀들이 인사를 한다.

"앞으로들 가시지 않고……."

"아닙니다. 팬들이 저렇게 열정적인데 저희가 감히……."

"사람이 좀 많기는 하죠?"

할아버지가 방 시인을 바라보았다.

"굉장하네요. 음악이나 스포츠에 열광하는 건 봤어도 향수는……."

방 시인의 눈에도 동경심이 가득했다.

"감사합니다."

뜨거운 열기 앞으로 강토가 나왔다. 상미와 다인은 오른쪽에 베티와 태홍, 메리언은 강토 왼쪽에 포진했다.

"오늘 하루 보내 주신 성원, 잊지 않고 앞으로도 더 좋은 향수를 만들도록 노력하겠습니다. 그럼 지금부터 우리 황수라 매니저님께서 향수 분양 신청 결과를 발표하겠습니다."

이쯤에서 강토가 빠졌다. 강토가 주인공이지만 금란백화점이었다. 그들에게도 역할을 주는 게 옳았다.

"스페셜 이벤트 매니저 황수라입니다. 밤까지 새워 가며 기다려 주신 고객님들께 너무 감사드리고요, 열기가 너무 뜨거우니 발표부터 하도록 하겠습니다."

"아아……."

인파 속에서 조바심이 나온다. 두 손을 모으는 건 기본이고 눈물을 흘리는 사람도 보였다.

"먼저 월하향을 메인으로 삼은 달빛 속삭임입니다."

매니저가 임시 화면을 가리켰다. 거기 50개의 번호가 떴다.

"까아악."

"앗싸, 당첨이닷."

비명이 터져 나왔다. 당첨자 번호 옆에 최저가 당첨자 액수가 보였다. 커트라인은 230만 원이었다. 은나래의 체취 분자가 들어간 마종뿌의 커트라인은 훌쩍 튀어 280만 원을 찍었다.

손윤희의 짝꿍 향수는 커트라인이 무려 450만 원까지 올라갔다. 어제의 정보를 캐치한 사람들이 경쟁을 우려해 가격을 높인 것이다.

여기서 강토의 폭탄선언이 나왔다. 매니저를 불러 귀엣말을 던진 것이다. 사람들의 이목이 미친 듯이 쏠려 왔다.

"여러분."

매니저가 그 폭탄선언을 배달하기 시작했다.

"방금 닥터 시그니처의 긴급 제안이 들어왔습니다. 이제 세 개 남은 신작들, 이 중에서 재스민과 장미 메인의 향수 두 종은 당첨 방식을 조금 바꿔 달라는 요청입니다."

"바꾼다고?"

"재신청인가?"

"설마 분양 취소?"

사람들이 웅성거릴 때 매니저의 멘트가 이어졌다.

"이 두 향수의 분양은… 여러분의 성원에 고루 보답하기 위해 최고가 당첨이 아니라 최저가 당첨으로 바꾸겠습니다."

"……?"

"동의하십니까?"

매니저가 군중의 의사를 물었다.

"네."

군중들은 함성으로 답했다.

"진짜 동의하십니까?"

"네에."

한 번 더 확인이 되자 임시 화면이 꺼졌다. 최고가순으로 정렬한 파일을 최저가로 바꾸기 위해 화면을 끈 것이다. 그때 상미가 다가왔다.

"……?"

보고를 받은 강토가 흠칫거렸다. 최저가 응모 용지 중에 문제가 있었다. 00원을 쓴 사람이 있는 것이다.

00원.

정말 최저가다.

그러나 장난일 가능성이 높았다. 장난으로 응모한 사람에게 향수가 돌아가면 모두의 맥이 풀릴 일이었다.

그런데…….

장난으로 보기 어려운 글자가 있었다.

「엄마 사랑해」

굉장히 정성 들여 쓴 글자였다. 이런 단어를 쓴 사람이 장난을 했을 것 같지는 않았다.

일단 열외를 시키고 전화를 걸었다. 응모지 밑에 핸드폰 번호가 있었다. 백화점 측은 이 용지를 따로 추첨해 소정의 기념품을 증정할 계획이었다.

—여보세요?

여학생 목소리가 나왔다.

"저 닥터 시그니처로 불리는 윤강토인데요?"

—어머…….

여학생이 자지러진다.

"장미 향수 응모하셨죠?"

—네…….

"00원이라고 쓰셨더군요. '엄마 사랑해'라는 글도……."

—어머, 그거 00원이 아니고 무한대를 뜻하는 Infinity symbol인데요?

"네? 00이 아니고 ∞라고요?"

—네…….

"그건 또 무슨 뜻이죠?"

—저희 엄마가 지금 말기암 환자 요양원에 계세요. 장미 향수를 굉장히 좋아하시는데 어느 날부턴가 장미 향수가 인공적이라고 멀리하세요. 그런데… 아침에 받은 장미 향 블로터를 가져다 드렸더니 너무 좋아하는 거 있죠. 이게 진짜 장미 향수라고… 아마 지금도 코박큥을 하고 계실 거예요. 그래서

꼭 분양받고 싶기는 한데 제가 아직 어려서 돈은 없고… 그래서 무한대를 뜻하는 ∞를 적었어요. 마음만은 그렇게 사고 싶다는 거죠, 뭐.

"……!"

여학생의 설명이 강토 가슴을 후리고 들어왔다. 이렇게 아름다운 사연을 장난으로 치부할 뻔하다니…….

"아깝군요. 만약 최고가로 갔으면 당첨이었을 텐데……."

—아니에요. 그렇다고 제가 돈을 무한대로 가진 것도 아니니까요.

"행사 끝날 때 저한테 좀 오시겠어요? 향수는 몰라도 'For 수고한 나' 미니어처는 몇 개 챙겨 드릴 수 있어요."

—와아, 정말요?

여학생이 기뻐하는 걸 보고 통화를 맺었다. 상미에게 말해 따로 준비하도록 했다.

∞와 00의 차이는 엄청나다. 딱 한 분자로 향수를 살리기도 하고 죽이기도 하는 사향의 마력 이상이다. 그 애틋함과 함께 마무리로 달리는 이벤트. 강토의 프라이드에 찍히는 아름다운 악센트였다.

*　　*　　*

츠츠츳.

마지막 남은 향수 스프레이가 분출되었다.

"와아아."

고객들은 마지막 한 분자까지도 몸에 닿게 하려고 자리를 뜨지 않았다. 강토는 지인들의 축하 인사를 받았다. 어제 온 사람들이 다시 오기도 했고 어제 오지 못한 사람들이 오기도 했다. 행복한 건 화학과 동기들과 조향학과 학생들이 대거 와줬다는 것이다. 특히 조향학과 학생들이 뜨거웠다. 유럽의 지보단이나 일본의 조향 학원도 유학하지 않았던 선배. 그럼에도 이렇게 주목받을 수 있다는 사실이 그들의 비전에 불을 지폈다.

김인경과 민유라가 끌고 온 연예인들도 여럿이었다. 그들 중 두 사람이 득템의 영광을 안았다.

"제 시그니처 좀 부탁드려요."

"저도요, 전 어떤 향수라도 다 소화해요."

연예인들은 향수 하나에도 알지 못할 경쟁심이 있었다. 그들의 예약을 받아 두었다.

어제 일로 퍼져 나간 SNS 때문인지 화장품 관계자들도 많았다. 그들의 명함도 두둑하게 쌓여 갔다.

"대표님."

눈코 뜰 새 없이 바쁠 때 상미가 옆구리를 건드렸다. 그제야 저만치 멀어지는 한 여학생의 체취를 느꼈다. 많은 사람의 인사를 받다 보니 그녀를 잊고 있었다. 그녀는 강토 옆에서 서

성거리다 돌아섰다. 화려한 사람들이 강토 옆에 가득하니 아까의 약속은 한번 해 본 소리라고 생각한 것이다.

"저기요."

강토가 그녀를 불렀다. 여학생이 돌아보았다.

"와아아……."

그 손에 장미향 'For 수고한 나' 미니어처 몇 개를 쥐여 주자 녹아 버릴 듯 흐물거린다.

"미안해요. 사람들과 인사를 나누다 보니 깜빡 잊고 있었어요."

"아뇨. 저는 그냥 하신 말인 줄 알았어요."

여학생의 눈에는 어느새 눈물이 맺혀 있다.

"어머니에게 작은 위로라도 되면 좋겠네요."

"엄청난 위로가 될 거예요. 그리고……."

여학생이 눈물을 참으며 뒷말을 이었다.

"하나는 남겼다가 엄마 납골에 넣어 줄 거예요. 좋아하는 향수 속에서 쉬실 수 있도록."

"……."

"닥터 시그니처님."

"……."

"지금 우리 엄마에게 무한대의 행복을 선물하신 거예요. 그리고 제게도… 다시 한번 고맙습니다."

여학생이 허리를 반으로 접었다. 그런 다음 한 번 더 인사를 마치고 달아나듯 멀어졌다. 눈물 때문이다. 눈물은 그녀가 흘렸는데 몸은 강토가 젖었다.

"대표님."

상미가 다가왔다.

"나 괜찮아."

"저 학생… 장미 말고도 재스민과 아이리스 미니어처도 두어 개씩 넣어 줬어."

"잘했어."

감정을 다스리고 다시 행사를 진행했다. 인사와 기념 촬영, 인터뷰 등 밀린 게 한둘이 아니었다.

방송과 유튜버들 인터뷰가 끝날 때 말쑥한 중년이 명함을 내밀었다.

"첫 작품이라고 들었는데 굉장하군요."

'러시…….'

사람보다 향수가 먼저 왔다.

명품 반열의 향수였다. 이 향의 특징은 애틋한 동경이다. 강토가 만든 희석된 우유와 묽은 나무의 향을 닮았다. 사람의 관심을 끌기에는 더없이 좋은 선택이었다.

"미국판 보그에도 기사가 나왔더군요. 천재 조향사의 탄생……."

"과찬입니다."

"과찬이라면 저는 지금 시간 낭비를 하고 있는 거겠죠."

"……?"

"천재에게는 그 천재성을 키워 줄 사람이 필요하죠. 고흐와 그의 동생 테오처럼 말입니다."

"무슨 말씀이신지……."

"명함에는 쓰지 않았지만 향수로 치면 저는 프로젝트 매니저입니다."

프로젝트 매니저 성정우.

최근 향수의 흐름이다.

이들이 향수의 테마를 정한다. 조향사는 이들이 원하는 향수를 만들어 주면 된다. 그게 유통에서 대박이 나면 유명한 조향사가 되는 것이다.

"네……."

"향… 기막힌 밸런스에다 익숙한 것의 혁신적인 재구성… 거기다 지속력에 호소력까지 기가 막히네요. 오늘은 바쁘신 것 같으니 나중에 하우스로 찾아뵙겠습니다."

그는 정중한 인사만 남기고 돌아섰다.

"닥터 시그니처."

신경 쓸 여유도 없이 메리언의 호출이 이어졌다. 외국인 기자가 온 것이다. 그가 강토와 베티, 태홍, 메리언의 한 컷을 원했다. 기꺼이 촬영에 응해 주었다.

인사 폭풍이 조금씩 잠잠해지자 할아버지와 방 시인이 강토 앞으로 나왔다.

"너무 바쁜 거 같아서 그냥 갈까 했는데 눈도장 안 찍고 가면 나중에 원망 들을 것 같아서 말이지."

"할아버지."

"어제보다 사람이 더 많아. 정말 축하해."

방 여사가 강토 손을 잡았다. 그 옆의 향일 스님은 꾸벅 목인사로 합세를 했다.

'전생?'

스님을 보자 잊었던 단어가 머리를 뚫고 간다.

현아는 친구들을 소개한 후에 촬영 때문에 돌아갔다. 그러나 메리언은 남았다.

현아와 메리언.

둘의 비교표가 머리를 스쳐 간다.

「현아—아델라이드 체취—그라스 전생—아이리스 트러블— 아델라이드 체취 추가한 향 효과 없음」

「메리언—아델아이드 체취—(전생 테스트 안 함)—아이리스 트러블—아델라이드 추가한 향에 효과」

만약 향일 스님의 전생 보기 능력이 진짜라면.

메리언의 전생도 나올 수 있었다.

진짜 아델라이드의 기억…….

기왕 시작한 거 그것까지 확인하고 싶었다.

"스님."

강토가 향일 스님을 바라보았다. 전생 보기 요청이었다.

*　　　*　　　*

차 한 잔이 길었다.

박광수와 심영화가 간곡하게 나오니 어쩔 수 없었다. 며칠 후면 할아버지의 전시회까지 앞둔 상황이었다. 오늘 입점료나 행사료조차 받지 않았으니 더욱 그랬다.

사실 이 자리는 심영화의 주최라고 해도 과언이 아니었다. 그녀가 교분을 나누던 심향회의 멤버들이 총출동한 것이다. 어제오늘, 당첨의 기쁨을 누린 멤버들도 있었다.

그렇다고 자신들의 잇속이나 차리자고 강토를 동원한 건 아니었다. 멤버들은 대한민국 최상류층의 여걸들이었다. 내로라하는 재벌 사모님은 물론이고, 사회문화적으로 파워를 가진 사람들이다. 연령은 대개 40대 중후반 이상. 사회적 지명도에 걸맞은 시그니처를 연결해 강토를 도우려는 의도였다.

"오늘 정말 신세계였어요. 내가 금란백화점 이벤트 여러 번 다녀 봤지만 이런 열광은 처음이잖아요? 재작년인가? 트로트의 여왕이 홍보차 왔을 때도 밤샘 줄은 아니었거든요."

심영화 앞쪽의 사모님이 혀를 내둘렀다.

그녀들 앞에는 미니어처들이 놓여 있었다. 남은 것들을 홍보용으로 동원한 상미였다.

"아유, 내가 웬만하면 여러분에게 소개하겠어요? 다들 스케줄이 바쁜 분들이라는 거 아는데……."

심영화가 상황을 리드하기 시작한다.

"아시겠지만 저도 사실 향수는 별로였어요. 조금 심하게 뿌린 사람이랑 엘리베이터라도 같이 타면 눈살부터 찡그렸죠. 오죽하면 우리 큐레이터는 나한테 눈총을 받은 적도 있어요."

"솔직히 나도 그런 쪽이긴 했어요. 젊은 사람들, 은은한 비누 향 정도면 될 것을 무엇 때문에 코가 매울 정도로 향수를 뿌리고 다니는지……."

다른 사모님이 공감을 표한다.

"그러다가… 여러분도 아시는 분은 아시죠? 시각장애인이던 우리 딸……."

화두를 꺼내던 심영화 목소리가 쭉 내려갔다. 언제 생각해도 가슴 아픈 딸이었다. 좋은 의미에 걸어도 마찬가지였으니 모두가 숙연해지고 말았다.

"그 딸의 눈이 되어 주던 심바가 세상을 떠났잖아요. 하지만 아주 떠난 건 아니에요."

심영화는 향수를 꺼내 들며 말을 이었다.

"닥터 시그니처가 심바의 향을 만들어 주었거든요. 반려견 싫어하는 분들이 있어 뿌리지는 못하지만 정말 똑같아요. 그때부터 향수에 대해 다시 생각하게 된 거랍니다. 아, 향수가 꼭 사람 몸에 뿌리는 것만은 아니구나."

"……."

"몇몇 멤버들에게만 말씀을 드리고 어제 닥터 시그니처의 하우스 발표회에 갔었는데… 다른 멤버들에게 엄청난 질책을 들었어요. 왜 자기들에게는 말하지 않았냐고 말이죠."

"당연하죠. 좋은 건 같이 누리자는 게 우리 친목 취지잖아요."

구석에서 애정 어린 질타가 나온다.

"그래서 오늘 여러분을 모신 겁니다. 다행히 제가 닥터 시그니처를 납치했으니 향이 마음에 들면 재주껏 연결하시기 바랍니다. 오늘 행사장 열기를 보셨을 테니 저도 이 이상의 능력은 없거든요."

심영화가 말을 맺었다.

여걸들의 질문이 날아들었다.

소소한 신상과 신변 이야기가 시작이었다.

그러다가 슬슬 조향과 식향 쪽으로 질문이 옮겨 갔다. 식향이 나온 건 멤버들 중에 식품 회사를 경영하는 사람이 있기 때문이었다.

사람이 많으면 짓궂은 사람도 있다.

후각.

조향사는 후각이 탁월하다.

그걸 알고 있는 사람이 있었으니 전통주 회사 대표 마순단이었다.

"후각이라면 나도 일가견이 있지만 조향사들의 후각은 너무 과장된 거 아닌가요? 솔직히 좀 나간다는 소믈리에나 바리스타들 만나 봤는데 그닥 탁월하지는 않더라고요."

"닥터 시그니처는 다릅니다."

심영화의 답이었다.

"그럼 검증 들어갑니다?"

"검증요?"

마순단이 들이대자 심영화가 강토를 돌아보았다.

"뭘로 확인해 드릴까요?"

강토 수락이 나왔다. 심영화의 체면을 고려했다. 그러자 마순단이 가방을 열었다.

"내가 일본에서 오전에 입국했는데요. 이게 우리 딸이 노래를 부르던 거라 굉장히 어렵게 구한 향수예요. 이런 향수의 원료도 맞힐 수 있나요?"

"히아신스 노트네요. 레몬, 재스민, 장미, 그리고 베르가모트, 베티베르에 모스, 앰버와 머스크… 알파 이소메틸이오논, 벤질알코올, 시트랄, 황색5호 색소……."

"……?"

강토가 폭주하자 마순단이 뜨악한 표정을 지었다. 아직 향수를 꺼내지도 않은 것이다.

"손에 시향 냄새가 남았습니다. 다른 성분도 감지되는데 계속할까요?"

"그럼 내 손에 남은 시향 향만으로?"

"몸에서 과일 냄새도 납니다. 자몽에 복숭아, 포도, 그리고 약간의 레몬과 탄산… 사케 냄새가 밴 것으로 보아 과일 사케 같습니다만……."

"맙소사."

마순단의 입이 제대로 벌어졌다. 그녀의 설명이 나왔다.

"향수… 히아신스 향수가 맞습니다. 그리고 사케 목욕도 했어요. 료칸 주인이 서비스라고 준비해 주었는데 일본 젊은이들이 좋아하는 츄하이였죠. 과일 향을 넣은 사케였어요."

짝짝.

폭탄 박수가 쏟아졌다. 마순단이 두 손을 들자 더 이상의 검증 요청은 나오지 않았다.

덕분에 주문이 쇄도했다. 향수 알레르기를 가진 여걸 역시 은나래의 예를 듣더니 바로 신청 대열에 올랐다.

"으음, 늙어서 개기름만 나오다 보니 향수가 악취가 되는 건 아닌가 모르겠네?"

그녀의 조크가 파장을 알렸다.

노란 방개차의 속도를 올렸다.

스님 때문이었다. 다인의 차를 타고 먼저 하우스에 가 있던 향일 스님, 강토가 늦자 다음에 오겠다는 말이 나온 것이다.

"지금 가는 중이야, 조금만 기다려 달라고 해."

상미와의 통화를 끝냈다.

"또 약속인가요?"

뒷좌석의 메리언이 물었다. 심영화의 심향회들과 차 마시는 시간이 좀 길었다. 그나마 베티와 태홍은 다인이 데려다줘서 다행이었다.

"아니에요. 빨리 끝내고 식사하러 가자고요. 배고프죠?"

"배는 괜찮은데 그거 알아요? 지금 굉장히 서두르고 있다는 거?"

"아? 네……."

속도를 줄였다. 메리언을 불안하게 하고 싶지는 않았다.

메리언의 전생 보기.

그녀의 의사를 물었었다. 어제와는 달리 쿨하게 응해 준 그녀였다. 어제는 발진 때문이었단다. 흉한 손을 보여 주기 싫었다는 설명이 나왔다.

인사동 이정표가 시야에 들어왔다. 상미에게서 다른 연락이 없는 것을 보니 스님은 가지 않은 모양이었다.

"흐음, 긴장되는데요?"

메리언이 하우스 상담실 들어갔다. 스님은 안에서 대기 중이었다.

"베티하고 태홍이는 저녁 먹여서 바래다줬어. 스님하고 메리언 가는 것까지 보고 가야 하는데 언제 끝날지 모르니까 우리 먼저 갈게."

상미와 다인이 강토의 양해를 구했다.

"그래, 오늘 고생 많았다."

"고생은… 너무 신나서 일 년 365일을 하라고 해도 버틸 수 있을 거 같아."

상미와 다인이 합창을 했다.

"고맙다."

"고마운 건 우리거든. 어제에 이어 오늘도 하루 종일 심쿵했어."

둘은 내일을 기약하며 퇴근을 했다.

문 앞에서 둘을 배웅했다. 정신없는 하루다 보니 제대로 챙기지도 못한 강토였다. 숨을 돌리고 물을 마셨다. 그 시야에 빼꼼 열린 조향실이 들어왔다. 스님과 메리언은 이심전심 파장을 맞추고 있다. 전생 리딩이 시작된 것이다.

결과는 어떻게 나올까?

겨우 소파에 앉아 한숨을 돌릴 때였다. 조향실 안에서 돌발, 메리언의 비명이 천둥처럼 터져 나왔다.

"아아악!"

* * *

"악."

비명은 한 번 더 이어졌다.

"……."

문을 밀고 들어왔지만 강토는 무엇도 할 수 없었다.

풍경 때문이었다.

향일 스님과 메리언.

맞잡은 손으로 연결된 두 사람의 얼굴은 땀으로 범벅이었다. 땀의 비가 오는 것이다. 그들의 체취에서 느꼈다. 둘은 엄청난 공포에 직면해 있었다. 이럴 때 강토가 개입하면 사고가 날 것 같았다.

'메리언…….'

메리언의 몸이 당겼다 놓은 시위처럼 경련하고 있다. 이 둘은 대체 뭘 보고 있는 것일까?

그렇게 5분이 지났다.

"이제 공포를 내려놓습니다. 이건 현실이 아닙니다."

스님의 목소리가 나왔다.

"……."

메리언은 대답하지 않는다.

"아직도 두렵습니까?"

스님이 묻자 메리언이 고개를 끄덕거린다.

"첫 번째 생, 당신은 황궁의 드레스 수선공이었습니다."

"……."

"옷 만지는 게 좋죠?"

끄덕.

"두 번째 생, 그 역시 옷과 관련입니다. 그때는 중국에서 비단을 뽑았네요."

"……."

"세 번째 생, 너무 공포스러우면 그만해도 됩니다."

"……."

"한 번만 더 해 볼까요?"

끄덕.

고갯짓하는 메리언의 이마에서 땀방울이 쏟아졌다.

"왜 무섭습니까? 누가 당신을 해치려 하고 있나요?"

"내가 아니에요."

메리언의 대답이 나왔다.

그 대답이 차마 비장했다. 지켜보는 강토를 압도해 버릴 정도로.

"그럼 누구죠?"

"내 사랑……."

"연인이군요?"

끄덕.

"어떻게 해치려 하나요?"

"불."

"불?"

끄덕.

"불에 타고 있나요?"

"네, 불… 저 불을 꺼야 해요."

"아뇨, 그 불은 진짜가 아닙니다. 그러니 멀리서 바라보세요."

"불……."

"당신은 무얼하고 있나요?"

"나는… 나는……."

메리언의 몸에 다시 경련이 인다.

"편안하게… 당신은 지금 현실이 아니라 전생을 보고 있을 뿐입니다."

"불……."

"연인이 죽나요?"

"악."

메리언의 비명이 다시 터졌다.

"차분하게… 당신은 내가 지켜 줍니다. 그러니 차분히……."

"총을 맞았어요."

"누가? 당신의 연인?"

"아뇨, 내가……."

총.

그 단어가 강토를 관통하고 나갔다.

총.

아델라이드가 그렇게 죽었다. 블랑쉬가 불타던 그날…….

"여기는 어디죠?"

"몰라요. 바구니마다 꽃이 지천이고… 좋은 냄새가 나요."

"좋은 냄새? 향수인가요?"

"그런 것 같아요."

"주변을 다시 보세요. 보이는 대로 말해 보세요."

"구릿빛 구 모양의 증류기……."

"……!"

증류기.

이제는 강토가 현기증을 일으킨다. 그건 조향사들의 상징이었다.

"또 뭐가 보이죠?"

"알랑… 그 단어가 보여요."

「알랑 클레멘트」

블랑쉬를 착취하던 악덕 조향사의 이름이었다.

마침내 강토가 주르륵 무너졌다.

"좋아요. 이제 여행을 끝냅니다."

"……."

"셋을 셉니다. 그러면 당신은 현실로 돌아옵니다. 하나, 둘, 셋."

"……!"

번쩍.

메리언이 눈을 떴다. 그야말로 번쩍이었다.

"닥터 시그니처……."

땀에 젖은 그녀가 강토를 바라보았다. 벽에 기대 넋을 놓고 있는 강토를…….

"괜찮아요?"

스님이 강토 안부를 물었다.

"예, 죄송합니다."

"좀 쉬어야겠어요. 굉장히 피곤해 보입니다."

강토의 사정을 모르는 스님이기에 우려부터 나왔다.

"메리언은 전생에도 의류에 관련된 일을 했네요. 두 번 다 큰 인물은 되지 못했는데 세 번째 생에서 고난에 직면해 일찍 생을 거두었으니 이번 생은 그 보상으로 대성할 것 같습니다."

"그렇군요."

"그 인과 때문에 아마도 불과 총을 무서워할 겁니다."

"맞아요. 총을 보면, 그게 영화든 실물이든 심장부터 아파 와요."

메리언이 공감을 표했다. 그녀가 유난히 두려워하는 것, 불과 총이었다.

"그럼 저는 이만."

스님이 자리에서 일어섰다.

"닥터 시그니처……."

메리언의 눈에 우려가 가득하다.

"저는 괜찮습니다."

"괜찮은 게 아닌 거 같아요."

"아뇨. 정말 괜찮아요."

티슈를 꺼내 땀을 닦아 주었다. 이마부터 목덜미까지 홍건한 그녀의 땀… 순간 메리언이 강토 품에 안겨 왔다. 강토 손을 잡아 키스를 하더니 입술이 끝내 강토 입술로 옮겨 왔다.

순간, 시간이 정지되었다.

지상의 어떤 냄새 분자가 이토록 치명적일까? 강토의 온몸이 물드는 기분이었다.

아델라이드.

그녀여서가 아니었다. 블랑쉬는 그런 미션은 남기지 않았다.

하지만.

하지만, 그의 염원이 아델라이드를 부른 걸까? 그도 아니면 아델라이드의 염원이 블랑쉬의 흔적을 따라온 걸까? 이유가 무엇이든, 아니, 설령 메리언이 아델라이드과 관계가 없다고 해도 그녀는 충분히 치명적이었다.

그녀의 키스를 제대로 받아 냈다. 이제는 수동적이 아니었다. 후각을 따라 들어온 메리언의 체취가 강토의 성호르몬 체계를 건드린 것이다.

"당신……."

메리언이 강토 귀에 대고 속삭인다.

"이상하게 처음부터 끌렸어요."

그 말은.

강토가 할 말이었다. 그녀가 먼저 쏟아 냈으니 키스로 갚아 주었다.

불.

불이었다.

아델라이드에게 파국을 가져온 불이 아니라 이 생에서 새롭게 타오르는 불. 막을 수 없는 불길이었으니 둘은 그대로 소파로 넘어갔다. 메리언이 위에서 강토 옷을 벗긴다. 강토가 자세를 뒤집어 그녀의 몸을 열었다. 소파가 흔들리지만 둘의 진동은 더 커져만 갔다.

화려한 플로럴을 더 가치 있게 만드는 라스트 노트들.

우드와 모스, 사향과 유향, 몰약과 용연향.

그녀라는 꽃을 향해 그 모든 것을 퍼부었다.

"닥터 시그니처."

"메리언."

서로의 호칭 속에서 둘은 하나가 되었다.

강토 향의 본질과 메리언의 향의 본질. 깊고 깊은 태초의 그곳에서 합쳐지자 어떤 블렌딩보다도 아름다운 향을 내기 시작했다.

그 향이 강토와 메리언을 물들였다. 머리부터 발끝까지 빛의 속도로 번져 나간다. 그렇게 하나의 향이 되고 난 후에야 강토가 메리언에게서 분리되었다.

메리언이 고개를 든다. 강토가 그 얼굴에 한 번 더 키스를 했다. 흐트러진 것들을 통합하고 둘의 마음을 따뜻하게 하는 갈무리였다.

* * *

"전?"

메리언이 젓가락을 내밀었다. 그 끝에는 동그랑땡 모양의 감자전이 들려 있었다.

"네."

강토가 답했다. 메리언을 데려온 곳은 동동주와 전 전문점이었다. 메리언에게 뭘 대접할까 생각하다 떠올린 곳이었다. 할아버지와 몇 번 왔던 게 도움이 되었다.

"이건 뭐죠?"

"녹두전."

"이건요?"

"두부전."

"이건요?"

"메밀전."

메리언이 물으면 강토가 답한다. 그러자 메리언이 메밀전 한 조각을 강토 입으로 투하시켜 버렸다.

"술맛은 어때요?"

메밀전을 우물거리며 물었다.

"좀 텁텁하지만 괜찮네요. 이름이 동동주?"

"네, 동동주……."

"덕분에 제 입이 신나고 있어요."

"좋아하니 다행이네요."

"닥터 시그니처?"

메리언이 턱을 괴며 강토를 바라보았다. 시선에는 애정이 가득하다.

"네?"

"저 처음 볼 때 어땠어요? 궁금해요."

"멋졌죠."

"단지 그거예요?"

"메리언."

"됐어요. 조크였어요."

메리언이 웃으며 손을 저었다. 강토가 그 손을 잡았다.

"실은……."

메리언을 바라보며 말을 잇는다.

"뜨끔했어요. 알지 못할 기시감 때문에."

"어머, 정말요?"

"네."

"맙소사, 나만 그런 줄 알았는데……."

"메리언도요?"

"말은 안 했지만 알 수 없는 이끌림이었어요. 처음에는 향수 때문인가 했는데 두고두고 생각해도 그게 아니더라고요. 그래서 당신에게 올 핑계만 찾고 있었어요."

"핑계 없이 와도 좋았을 겁니다."

"당신은… 당신에 대한 내 소감은… 안정이었어요. 막 조바심을 내던 마음이 차분해지는? 뭔지 모르게 안심이 되는?"

"안심?"

"앞으로도 계속 안심해도 될까요? 당신 안에서."

"당연하죠."

"실은 당신 말고 또 한 사람이 있어요. 당신과는 조금 결이 다르지만……."

"공현아죠."

"어머."

메리언이 소스라쳤다. 강토가 먼저 그 마음을 짚어 낸 것이다.

"이제 보니 사람 마음도 읽어요?"

"현아의 체취가 당신과 닮은 데가 있거든요. 그래서 찍어 본 거예요."

"체취?"

"네."

"조향사는 그렇게 접근을 하는군요. 저는 체취는 모르지만 그녀의 이미지… 뭔가 편안하고 가까이 가고 싶고, 안아 주고 싶고… 어머, 그렇다고 내가 퀴어는 아니에요."

"메리언."

강토가 다시 그녀 손을 잡았다.

"알고 있어요. 당신의 체취에서 진심이 느껴지거든요."

"그래서 말인데… 부탁 하나 하고 싶어요."

"말해 봐요."

"태홍은 섭외가 되었다고 치고… 공현아 말이에요, 한국의 연예인이라고 하셨죠? 당신이 한번 물어봐 주시겠어요? 제 패션쇼 무대에 서 줄 수 있냐고?"

"현아를요?"

"베티와 태홍, 그리고 현아… 이들을 위한 패션 영감이 떠올랐어요. 지난번 쇼가 호평을 받은 후로 셀린느의 스승 헤이든께서 그분 데뷔 30년 기념 의상 발표회에 조인트를 제의하셨거든요."

"헤이든은 세계 정상의 패션 디자이너라고 들었는데……."

"최고죠. 하지만 새로움에 도전하는 것도 최고세요. 제가 현장 워킹을 제의해 보려고요. 낡은 런웨이 따위는 다른 디자이너들이나 목매라죠."

메리언은 자신의 영감 속으로 폭주해 갔다.

"현아와 그 파트너에게 말레피센트 스타일의 검은 드레스를 입히면 대박 날 것 같아요. 그녀의 하얀 살결과 검은 실크 드레스……."

"상상만 해도 멋져 보이네요. 그런 캐스팅이라면 현아의 소속사와 협의하는 게 어때요?"

"일단 의사를 알아야 타진을 하죠. 그리고 닥터 시그니처에 부탁하는 건 다른 이유가 있기 때문이에요."

"다른 이유?"

"퍼퓸요."

"향수?"

"어제와 오늘, 저는 패션의 새로운 세상을 보았어요. 어째서 나는 눈에 보이는 질감만을 고집했을까? 어째서 나는 드레스의 역사와 유행만을 공부했을까? 마릴린 먼로의 명언을 왜 흘려들었을까?"

"나는 샤넬만을 입고 잔다?"

"바로 그거예요. 잠자리 날개처럼 여리여리한 드레스에서 물결치는 향수. 그 향수의 기원이 되는 물질에서 옷감을 꺼내거나 혹은 물들이는 법, 그렇게 향수와 매칭을 하면 뉴욕이든 파리든 밀라노든, 다 장악해 버릴 것 같지 않아요?"

"오, 멋진데요?"

"아니죠. 당신이 향수를 약속해 줘야만 되는 일이에요. 어때요?"

"나도 참가하는 겁니까?"

"네, 닥터 시그니처. 제가 헤이든과 담판을 볼게요. 아니, 멋을 아는 그분이시기에 닥터 시그니처의 향수를 보면 분명 OK라고 말할 거예요."

"좋습니다. 향과 관련된 도전이라면 무조건 동의합니다."

"땡큐."

메리언의 키스가 강토 이마로 날아왔다.

"1차는 당신이 쐈으니 2차는 내가 쏴도 될까요?"

계산을 마치고 나오자 메리언이 강토 팔짱을 꼈다.

2차는 메리언이 묵고 있는 호텔이었다. 그녀는 스케치북과 터치펜 아이패드를 꺼내 놓고 자신의 꿈을 펼쳤다. 그녀의 손이 지나가면 옷이 되었다. 강토가 향의 마법사인 것처럼 그녀는 패션의 마법사였다.

"그대로 있어 봐요. 당신에게는……."

한달음에 달려가더니 옷감 견본 띠를 가져와 강토 몸에 대본다. 그녀의 체취가 함께 밀려온다. 그게 도화선이 되었다. 그녀를 안고 쓰러졌다.

합체.

그녀는 그 합체 안에서 패션을 만들고 강토는 향수를 만들었다.

두 장르가 둘의 마음 안에서, 둘의 원천 안에서 또 한 번 절정의 어코드를 이룬다. 강토는 이제 더 이상 아델라이드의 체취를 생각하지 않았다. 남자와 여자, 두 향이 만드는 완벽한 어코드. 그 하나의 주인공은 아델라이드가 아니라 '메리언'이었다.

제4장

아기 향수의 반전

그라스의 꽃바다였다.

아이리스가 끝없이 물결을 쳤다.

시리도록 하얀 아이리스 위에 한 남자가 서 있다.

블랑쉬였다.

블랑쉬가 아이리스 바다의 중심으로 걸어간다. 한 걸음씩 옮길 때마다 아픈 기억들이 지워진다. 악취 나는 집이 무너지고 어머니의 병이 씻겨 나갔다. 마침내는 천재성 착취의 아픔도 밀려 나간다.

그리고.

그 발이 아이리스 바다의 중심에 서는 순간, 모든 꽃들이 아델라이드가 되었다. 그녀의 가슴에는 붉은 총탄이 박혀 있다. 블랑쉬가 바라보자 그 선혈도 시린 흰색으로 변한다. 아델라이드는 이미 메리언이었다. 이제는 메리언의 바다가 된 것이다.

그러자.

블랑쉬도 모습이 바뀌었다.

강토였다.

순간, 하얀 질식 같은 향이 피어올라 두 사람을 띄워 올렸다.

"……?"

강토가 눈을 떴다.

메리언의 침대였다.

놀라운 것은 메리언도 똑같이 눈을 떴다는 사실이었다.

"혹시?"

그녀가 눈을 꿈뻑거렸다.

"메리언도?"

"그라스의 아이리스 꽃밭 꿈?"

그녀가 말하자 강토가 그 어깨를 당겼다.

"이상해요."

메리언이 강토 가슴에서 속삭였다.

"뭐가요?"

"아이리스 꽃밭… 그 꿈을 자주 꾸거든요. 그런데 깨어날 때마다 가슴이 아팠어요. 심근경색이라든가 하는 그런 게 아니라 애잔한 눈물이 방울지는 듯한 그런 통증……."

"……."

"그런데… 오늘은 이상하게 하나도 안 아프네요? 같은 꿈인데도……."

"……."

"당신이 향수의 마법을 쓴 건가요?"

"메리언."

"네?"

"이제 그 아픔은 다시 오지 않을 겁니다."

"정말요?"

"네."

"역시 당신이 향수의 마법을 썼군요."

메리언은 강토 품에 다시 얼굴을 묻었다.

향수의 마법은 아니었다. 강토 역시 더 이상 아델라이드의 체취를 의식하지 않았다. 이제는 메리언의 체취에 족했다. 강토 앞의 여자는 아델라이드가 아니라 메리언이었다.

21세기의 메—리—언.

메리언의 예지가 적중하는 데는 오랜 시간이 걸리지 않았다.

금란백화점 이벤트가 끝난 다음 날부터 방송과 인터뷰 요청이 쇄도했다. 인사동의 하우스 역시 엄청난 고객들이 몰려들었다. 상당수는 중국의 여성 사업가거나 거부들이었다. 그들 중의 일부는 상상 초월의 금액을 베팅하며 향수 싹쓸이를 원했다.

"이 니치 남은 게 있나요?"

그런 인물 중의 한 사람이 전시 향수를 보며 물었다.

"전시와 보존 등을 위해 5세트가 있습니다만."

"다 주세요. 세트당 1억씩 쏘겠어요."

최고의 베팅을 날린 사람은 중국 재벌의 딸 아미펑이었다. 강토가 원하면 당장 현금을 지급하겠다는 말까지 나왔다.

1억.

5세트니 5억이다.

상미와 다인의 입이 다물어지지 않았다. 향수가 없는 건 아니었다. 모든 향수는 몇 개씩 남겨 놓았다. 전시를 위해서, 그리고 강토 향수의 역사를 위해서였다.

그러나 1억.

병당 1,500만 원에 가깝다.

상미와 다인이 강토를 바라보았다. 이 여자의 베팅은 장난이 아니었다.

"세트당 1억을 내신다고요?"

강토가 그녀에게 물었다.

"네."

"1억 내려는 이유가 뭘까요?"

'이나'라는 강조는 떼어 버렸다. 향수에 반한 얼굴이 아니기 때문이었다.

"갖고 싶으니까."

도도한 자태만큼이나 오만한 억양이 이어진다.

"제 향을 맡아 본 적이 있나요?"

강토가 묻자 옆의 여자가 시향지를 꺼내 보인다. 어제 백화점에서 나눠 준 그 시향지였다. 향 분자는 이 여자의 손에 더 많이 묻어 있다. 이유를 알았다. 백화점에는 이 여자가 왔었다. 아미펑은 나중에 이 시향지를 받은 것이다.

"그럼 쿨하게 100억은 어떨까요?"

강토의 배팅액이 올라갔다.

"100억?"

그녀의 미간이 확 좁혀졌다. 통역하는 가이드와 수행하는 여자의 눈살도 과격하게 찌푸려졌다.

"이봐요. 100억은 과하지 않나요? 세계 최고 명품으로 불리는 DKNY라면 몰라도."

싸늘한 투정이 나왔다.

"그건 보틀값이죠."

"……?"

"100억입니다. 언제든 생각이 있으시면 오세요. 향수는 제가 보관하고 있을 테니까."

강토는 더없이 정중했다. 얼굴이 구겨진 아미펑은 찬바람을 일으키며 돌아섰다.

"대표님."

상미는 황당한 표정이었다. 여자의 베팅도 놀라웠지만 강토의 역베팅이 더 놀라웠던 것이다.

100억이라니…….

"진짜 100억 받을 생각이었어?"

"응."

"진짜?"

"그렇다니까."

"이유라도 있어?"

"내 향수가 마음에 든 건 사실이겠지. 그런데 저 여자는 단지 과시용으로 갖고 싶은 거야. 그래서 100억 불렀어. 과시가 목적이라면 비싸게 사야 더 과시할 기분이 나지 않겠어?"

"……!"

상미가 두 손을 들었다. 오기로 받아치는 줄 알았더니 그게 아니었다. 완전히 말이 되는 것이다.

"아무튼 중국 사람들 배포는 알아줘야겠네. 싹쓸이할 생각을 다 하다니."

"잠깐 쉬어도 되지?"

"그렇기는 한데……."

"왜? 지금부터 점심때까지는 예약이 없잖아?"

"돌발이 생겼어."

"돌발?"

"드라고코 알지?"

"독일 향수 회사?"

"그쪽 사람들이 찾아왔어. 아네모네 오 팀장이 전화하셨어. 향료 계약 때문에 왔는데 유튜브 보고는 물어보길래 하우스 알려 주셨대."

"도착했어?"

"일단 대기실에 모셔 뒀어. 돌려보낼까?"

"우리가 무슨 진짜 세계적인 대가냐? 내가 만나 볼게."

강토가 대기실로 향했다.

드라고코는 향료를 취급하는 동시에 향수도 만든다. 세계적이다. 그렇다고 쫄지는 않았다. 이미 피미니시의 메디치까지 만났던 강토이기 때문이었다.

"닥터 시그니처."

강토가 들어서자 두 남자가 일어섰다.

"앉으세요."

자리를 권하고 강토도 자리를 잡았다.

"드라고코에서 오셨다고요?"

"예."

두 사람이 명함을 꺼내 놓았다. 둘 다 프로젝트 매니저였다.

"그런데 어쩐 일로?"

"향수 때문이죠. 어제 금란백화점의 이벤트, 유튜브를 통해 봤는데 정말 신선하더군요. 반응도 폭발적이었고."

"고맙습니다."

"그래서 들렀습니다. 솔직히 말하면 한국의 조향사들은 큰 존재감이 없거든요. 그런데 그런 반응이니 어떤 철학을 가진 하우스일까 궁금하기도 했고요."

"직접 보시니 어떠신가요?"

"기다리는 동안 몇 가지 시향지를 얻었는데 놀랍더군요. 정통 바로크 향수의 정교함과 기품이 있나 싶으면 꼴로뉴의 심플한 생기도 풍성합니다. 유럽의 향수보다 더 유럽에 정통한 향수, 그러면서 동양의 악센트를 혁신으로 올린 신개념 향수. 제 분석이 맞습니까?"

"그렇네요."

"아네모네 오 팀장님 말이 그라스의 스타니슬라스와 메디치, 미국 보그 편집자들까지 극찬을 했다고……."

"과찬이십니다."

"혹시 다른 향수도 있을까요? 아직 출시하지 않은?"

"준비 중인 것은 많습니다."

"저희가 좀 볼 수 있을까요?"

"아직은 공개하지 않습니다."

강토는 선을 그어 놓았다. 향은 작품이다. 함께 머리를 맞댄 조향사라면 모를까 생면부지의 사람에게 공개할 일은 없었다. 중요한 평가를 받는다고 해도 마찬가지였다. 평가는 완성

품에 내리는 게 정상이었다.

“좋습니다. 그럼 이번 작품 중에서 재스민과 장미를 주제로 삼은 향수 말입니다. 우리 드라고코 리포트에 싣고 싶은데 자료를 좀 보내 주시겠습니까?”

“그건 문제없죠.”

“알겠습니다. 다음 작품이 나오면 언제든 연락해 주십시오. 어쩌면 서로에게 좋은 기회가 될 것 같습니다.”

독일인들이 일어섰다. 네임드 회사 소속이다 보니 깔끔했다.

“뭐래?”

두 사람을 배웅하기 무섭게 상미와 다인이 귀를 세웠다.

드라고코다.

세계적인 향수 향료 회사 반열이다. 그런 사람이 왔다는 것 자체만으로도 뉴스가 되고 남을 일이었다.

“드라고코 리포터에 재스민과 장미 향수를 실어 주겠대. 자료하고 이미지 정리해서 전송해 줘.”

“드라고코 리포트? 이거 찐 조향사들만 실리는 잡지잖아?”

“그럼 우리는 짝퉁 조향사냐?”

“절대 아니지.”

상미 어깨에 자부심이 실린다. 한때는 허접한 향료 회사나 작은 공방이라도 가고 싶던 상미. 그러나 이제는 달랐다. 하우스와 가의도를 오가며 흘렸던 땀. 그 땀 덕분에 상미도 조향의 기틀이 제대로 잡혀 가고 있었다.

"전에 보니까 에드몽 루드니츠카를 전 지면 특집으로 다룬 적이 있더라. 이번에는 맛보기로 나가고 다음에는 우리도 전 지면 특집 한번 노려 보자."

"전 지면 특집까지?"

"에드몽 루드니츠카도 했는데 못 할 거 없잖아?"

"알겠습니다, 대표님."

상미가 경의를 표했다. 아직은 저만치 먼 에드몽 루드니츠카. 하지만 현재 강토의 페이스라면 시간문제일 뿐이었다.

오후에는 더 바빴다. 은나래가 연예인 군단을 끌고 왕림한 것이다. 조향 오르간 앞에서 예약을 받았다. 그 벽에 할아버지의 대작 그림이 걸렸다. 오르간의 향료와 대비를 이루며 하우스의 격조를 한층 더 높여 주었다.

네 명이 시그니처를 예약했다. 넷의 오더는 다 달랐다. 한 사람은 파출리를 메인으로 하는 향을 원했고 또 한 사람은 블랙커런트 향을 원했다. 다른 한 사람은 생강 향을 요청했다. 지난 봄에 추출한 생강꽃 향료를 보여 주었더니 너무 좋아한다. 연예인들답게 독특한 취향이 돋보였다.

마지막 한 사람의 요청은 평범했다. 하지만 너무 평범해서 너무나 독특한 주문이 되고 말았다.

"혹시 이런 냄새도 향수로 가능해요?"

그녀가 면 손수건을 내밀었다. 베이비파우더와 함께 몇 가지 체취가 나왔다. 핵심은 아기 냄새였다.

"아기 냄새 말입니까?"

"아시네요, 그 냄새를 향수로 만들어 주세요."

아기 냄새…….

요즘 꽤나 관심을 끄는 살냄새 노트 쪽이었다. 주문의 주인공은 40대에 들어선 황지유였다.

"안 될까요?"

강토에게 생긋한 미소를 보낸다. 그런데 그녀가 뿌린 향수는 굉장히 스파이시한 클라리세이지 노트다. 뿐만이 아니었다. 아니스와 핑크 페퍼의 잔향이 남은 것으로 보아 함께 쓰는 향수도 죄다 스파이시 계열이었다.

"가능하기는 한데 어째서 아기 향을 원할까요? 향수를 보니 스파이시한 향을 선호하시는 것 같은데… 아니스와 핑크 페퍼, 그리고 베이 리프 냄새도 나거든요."

"어머, 제 향수를 다 꿰고 계시네?"

"……."

"실은 막냇동생 때문이에요. 작년에 난소암 수술한 후에 우울증이라도 걸렸는지 외부 활동을 잘 안 해요. 그래서 기분 전환도 시킬 겸 뭔가 신박한 선물을 하고 싶은데… 좋아하는 게 아기 냄새예요. 제 둘째 동생이 얼마 전에 아기를 출산했는데 걔네 집에 붙어 살 정도거든요. 저로서는 둘째와 막내에게 다 점수 딸 수 있으니 일거양득이죠."

의도는 좋았다. 아기 냄새 향수를 만들면 막내와 둘째가 다 좋아할 수 있었다.

“하는 짓이 가련해서 오버웸부터 뿌띠마망, 깔루 릴리 블루까지 괜찮다는 아기 냄새 노트는 다 사다 줘 봤는데 거들떠보지를 않네요.”

“……”

“나래랑 얘기하다 보니 닥터 시그니처라면 제 동생을 매료시킬 향수를 만들 수 있을 거라던데… 돈은 천만 원까지 지불할 용의가 있어요.”

“만들 수는 있습니다.”

“어머, 정말요?”

황지유가 반색을 했다.

“그런데 동생분이 둘째 동생분의 아기 냄새를 좋아하는 건가요? 아니면 모든 아기의 냄새를 좋아하는 건가요?”

“아마도 모든 아기가 아닐까요?”

“그것부터 확인해 주셔야 합니다.”

“확인을 하라고요?”

“모든 아기라면 몰라도 그 아기만이라면 방법이 달라지거든요.”

“잠깐만요.”

황지유가 카톡을 날린다. 동생의 답은 금방 돌아왔다.

「나는 승아가 좋아. 다른 아기는 별로.」

황지유가 대화창을 보여 준다. 옵션이 걸리는 순간이었다.

"한 가지만 협조해 주시겠습니까?"

"협조라면?"

"아기 엄마를 통해 아기 체취를 구하게 해 주세요. 제가 향료로 조합해서 만드는 것보다 최적의 향수가 됩니다. 올리브기름을 묻힌 리넨을 이용하는 것이니 아기에게는 문제가 없고요, 다만 좀 귀찮을 수는 있습니다."

"그거라면 둘째가 도와줄 거예요."

"그럼 제가 맡겠습니다. 나머지는 저희 배 실장이랑 마무리하세요."

마지막 주문까지 상담을 끝냈다.

아기 냄새 향수.

하우스 출범 후의 첫 시그니처로 제격이었다. 다른 향수보다 의미가 있는 것이다. 아기 냄새는 많은 사람들이 좋아하는 향수다. 마음을 솜털처럼 포근하게 만들어 준다. 아기가 협조해 준다면 크게 어려울 것도 없었다.

"와아, 기대되는데?"

"나도. 아기 향 노트라… 이건 진짜 우리 대표님만 할 수 있는 거잖아?"

"자신 있지?"

다인과 상미가 환호를 했다.

"당연하지."

강토가 쐐기를 박았다.

그런데.

세상일이라는 게 그렇게 심플하지만은 않다. 황지유의 막냇동생, 그녀가 좋아하는 건 언니의 아기 냄새만이 아니었다.

*　　　　*　　　　*

"……?"

아침 회의 시간, 다인의 눈이 휘둥그레졌다. 강토의 지시 때문이었다.

"가의도 꽃 재배지 계약하고 계약 면적을 늘리자고?"

"그래."

찻잔을 든 강토가 웃었다. 하우스 문을 여는 10시 직전, 이렇게 셋이 대화하는 시간이 즐거운 강토였다.

"얼마나?"

"예산은 3억. 그리고 꽃 종류는 여기, 계약지는 권 대표님이 알선한 그 땅 매입해."

권 대표는 다인의 아버지다. 강토의 향수가 싹수를 보이자 인근 야산을 매입할 것을 권했다. 야생화 성장에 알맞은 곳이었다. 다른 용도로는 적합하지 않아 값도 비싸지 않았다. 안정적으로 향료를 공급받으려면 타당할 것 같았다. 그렇기에 베팅을 결심한 강토였다.

"와아, 3억……."

다인이 혀를 내두른다.

작년 이맘때, 다인은 연봉 2,000만 원만 줘도 일할 각오였다. 조향을 배울 수만 있다면. 하지만 지금 다인의 연봉은 그 두 배 이상이었다. 회사가 법인 형태를 띠게 되면 지분도 주기로 했다. 그보다도 더 만족스러운 것은 날마다 향수를 만들 수 있다는 사실이었다.

봄이 오면 다인은 다시 가의도로 내려간다. 작년에는 강토와 상미가 많은 시간을 함께했지만 이제는 다인이 향료실장으로서 야생화 재배와 향 추출을 책임져야 했다. 강토의 하우스가 정식 오픈을 했기 때문이었다.

지난해에는 많은 시행 착오가 있었다. 같은 손길인데도 강토 같은 향이 나오지 않았다. 같은 꽃인데도 그랬다. 거기에는 결정적인 차이가 있었다. 강토의 꽃은 최고였고 그가 선택한 유지 역시 최고였다. 같은 꽃밭에서 따도 그랬고 같이 공급받은 유지인데도 그랬다.

그런데.

디테일로 들어가면 같은 게 아니었다. 강토는 향이 약하거나 시든 꽃, 상처가 난 꽃 등은 가차 없이 골라냈다. 유지도 그랬다. 그러나 다인은 향이 약한 꽃까지 골라낼 능력이 없었다. 그 디테일이 향의 퀄리티를 바꾼 것이다.

그래도 실전의 도움을 받았다. 강토가 옆에 붙어 지도를 하니 차츰 내공이 붙었다.

그렇게 쌓아 온 일 년이 있기에 다인은 이제 명실상부 향료 실장의 직함을 받은 것이다.

"그리고 이건 따로 부탁하는 건데 배꽃 향 좀 모아 줘."

"배꽃?"

"응, 배꽃 향, 가을쯤 배꽃 노트 신작 발표하려고. 봄에 만들어 주면 대략 가능할 거 같아."

"알았어. 배꽃."

다인이 메모를 한다. 케미가 기막힌 셋이기에 이제는 눈빛만으로도 통했다.

"베티와 메리언이 돌아가는 날이지? 대표님 바쁜데 공항 배웅은 내가 할까?"

스케줄을 살피던 상미가 물었다.

"아니야, 귀빈들인데 내가 갈게."

"그럼 서둘러야 할 것 같은데? 황지유 님 시그니처 출장까지 마치고 와야 하잖아?"

"알았어."

강토가 일어섰다. 황지유의 부탁 때문이었다. 동생 집으로 와 주면 동생의 기대감이 커질 거라니 출장을 받아들였다. 둘째의 아기 역시 그 집에서 만나기로 했다.

매장의 중앙에 배치된 알람빅에서는 톡톡 장미수가 흘러나오고 있었다. 어제는 사이프러스였다. 알람빅은 분위기 메이커이자 서비스의 시작이기도 했다. 창가에는 다음 주자인 백합이 가득했다.

"오후는 백합수?"

강토가 물었다.

"응, 오전 오후 분위기 좀 바꿔 보려고."

상미가 웃었다.

"좋지."

백합을 놓고 하우스를 나왔다.

"어?"

호텔에 도착하자 로비에 낯익은 얼굴이 보였다. 태홍이었다. 꽃을 들고 있었다.

"태홍아."

"선생님."

강토가 부르자 태홍이 다가왔다.

"베티 보러 왔어?"

"네."

"그럼 올라가지 않고?"

"그런데……."

태홍이 리셉션 여직원의 눈치를 살핀다. 안 봐도 알 것 같았다. 어린 태홍, 게다가 두 다리가 없는 장애까지 가지고 있으니 제지를 당한 것이다.

"가자."

강토가 엘리베이터를 가리켰다. 여직원이 쳐다보지만 제지는 하지 않았다.

"베티."

베티의 객실이 열리자 태홍이 꽃을 내민다. 베티에게 중독된 건지 표정이 바로 밝아진다.

"짐은 다 꾸렸고?"

강토가 베티에게 물었다.

"네."

"그럼 준비하고 리셉션에 내려가 있어. 메리언 데려올 테니까."

베티 어깨를 두드려 주고 객실을 나왔다.

"굿모닝."

메리언의 인사는 키스였다. 강토가 그녀를 품었다.

"가기 싫은데요?"

메리언이 투정을 했다.

"그럼 내가 같이 가 줄까요?"

"그럼 더 좋죠."

"일본에서는 며칠 여정이에요?"

"이틀요. 그런 다음에 밀라노로 가야 해요."

"메리언이야말로 몸이 열 개라도 모자라는 사람이네요."

"당신, 중동에 살았었다고 했죠? 예멘에도."

"네."

"어제 향수의 역사를 찾아보다가 예멘을 알게 되었어요. 지금은 내전으로 어지럽지만 굉장히 매력적인 나라더군요."

"맞아요. 특히 소코트라 섬이 그렇죠."

"언제 같이 한번 가요."

"네."

"약속한 거예요."

"네."

"공현아 측하고는 얘기가 잘되었어요. 닥터 시그니처가 분위기 잡아 준 덕분이에요."

"당신 스승 헤이든은요? 허락하셨나요?"

"안타깝게도 향수는 인터넷으로 보낼 수가 없네요. 기다리겠다고 하시는 걸 보니 수락하실 거예요."

"그럼 최소한 6개월 전에는 결정을 줘야 합니다. 향이 맛깔스럽게 익으려면 그 정도 시간이 필요하거든요."

"알았어요."

메리언이 강토 목에 두 팔을 두른다. 떠나기 싫은 마음을 강토 목에 거는 것이다. 강토는 그녀를 더 포근하게 안아 주었다. 그녀의 체취가 설렘으로 변한다. 짧은 이별이지만 이별에는, 키스보다 포옹이 더 애잔한 것 같았다.

"메리언."

로비로 나오자 태홍이 꽃다발을 전한다. 메리언 것까지 준비한 모양이었다.

"오, 꿀매너."

메리언이 태홍의 이마에 키스를 찍어 주었다.

공항 길은 유난히 짧았다.

출국장으로 멀어지는 그녀의 체취를 보며 이별을 실감했다.

메리언과 베티는 그렇게 떠나갔다.

"장미, 그리고 백합. 맞아요?"

돌아오는 길에 태홍이 물었다.

"뭐가?"

"선생님 손에서 나는 냄새요."

"……?"

"장미하고 백합 냄새가 나요."

"이게 느껴져?"

강토가 손 냄새를 맡았다. 하우스를 나오면서 장미수를 만졌고 백합을 만졌다. 태홍이 그걸 감지한 것이다.

"틀렸어요?"

"아니, 맞아."

"까우, 맞혔다."

태홍이 환호했다.

"태홍아."

"학교 끝나고 꽃집에 가서 연습했거든요. 친구들하고 한 내기는 다 맞혔는데 선생님 손 냄새는 좀 떨렸어요."

"친구들?"

"우리 반 여학생들 몇 명 데리고 갔거든요. 저 혼자 가면 화원 주인들이 좀 귀찮아해요. 애들에게 이 꽃 저 꽃 손을 대 보고 오라고 했어요. 조향사가 되려면 후각 연습을 해야 한다고……."

"그럼 다른 냄새도 찾을 수 있어?"

강토가 손을 들어 보였다. 조향실에서 만진 게 있기 때문이었다.

"음… 이건 좀 어려운데요? 제사 때 쓰는 술 냄새? 밥 익는 냄새?"

"……?"

태홍의 대꾸에 강토가 소스라쳤다.

"틀렸군요?"

그 표정에 지레 위축되는 태홍.

"아, 아니야. 맞혔어. 대단한데?"

"진짜요?"

"정확히는 페닐에틸알코올이라는 냄새야. 장미 향을 만드는 데 쓰는 향료인데 일본 술 사케와 밥 익어 가는 냄새도 나거든."

"앗싸."

태홍이 주먹을 쥐며 좋아했다.

이 아이, 그러고 보니 후각이 월등했다.

"선생님 하우스에서 일하려면 어떤 조건을 갖춰야 해요?"

"진짜 나한테 오려고?"

"네."

"나는 싫은데?"

"네?"

강토의 직구에 태홍이 움츠러들었다.

"내 말은, 세상에 멋진 조향사가 많다는 거야. 그러니까 진짜 조향을 하고 싶으면 대학에서 화학을 전공한 후에 결정하도록 해. 방금 말한 페닐에틸알코올, 그게 장미 향인데 다 실험실에서 만들거든."

"선생님은 진짜 꽃을 쓰시잖아요?"

"그렇긴 하지만 많은 조향사들은 화학적으로 만든 향으로 향수를 만들어."

"그러니까 저는 선생님에게 배울래요."

"그 문제는 네가 화학 전공 끝낸 후에 보자."

"알았어요. 화학과 말이죠."

태홍이 핸드폰에 기록을 한다. 표정이 너무나 진지하다. 이 아이, 진짜 조향사가 되려는 걸까?

"오셨다."

강토가 들어서자 황지유가 반색을 했다. 동생 황지혜의 집이었다. 혼자 사는 오피스텔로 방이 두 개였다. 잘 꾸며 놓은 것을 보니 경제적인 어려움은 없는 것 같았다.

"얘, 인사드려. 내가 말씀드린 닥터 시그니처. 요즘 연예인도 아니면서 방송가에서 제일 핫한 분이셔."

"안녕하세요?"

언니의 재촉에 동생이 인사를 한다. 암 환자라 하니 후각이 각을 세운다. 난소암이었던 건 분명했다. 방 안에 그 분자가 남았다. 수술은 잘된 것 같았다. 전이의 조짐은 없었다.

"우리 승아 냄새를 향수로 만들 수 있다고요?"

동생이 물었다.

"예……."

대답을 하고 보니 화장대 앞의 향수들이 보였다. 그 향수들 역시 아니스나 페퍼 등의 헤비 혹은 스파이시한 쪽이었다.

그런데 아기 냄새에 몰입?

난소암 때문에 드는 본능적인 이끌림일까?

아기를 가질 수 없다는 것 때문에?

"똑같이 돼요?"

"예."

"그럼 부탁해요."

동생이 예의를 갖춘다.

"그럼 잠깐 말씀 좀 나눌까요?"

동생에게 말하자 창가의 테이블을 가리킨다.

몇 가지 기본 테스트를 했다. 알레르기 같은 건 문제가 없었다. 향수 취향을 묻자 예상대로 관능적이고 스파이시한 향을 좋아한다고 했다.

"그럼 파우더리하고 스파이시한 노트들을 살짝 가미해 줄까요? 아이리스나 파출리, 페티그레인 같은 노트요."

강토가 몇 가지 기본 노트를 선보였다.

그녀가 고개를 젓는다.

"그럼 스위티 노트는요?"

"아뇨. 온리 승아 향요."

바로 못을 박아 버린다. 몇 가지 더 확인을 하는 사이에 둘째의 카톡이 들어왔다.

"다 와 간대요."

황지유가 강토에게 카톡을 보여 주었다. 다행히 둘째 부부는 대찬성이었다고 한다. 아울러 만드는 김에 자기들 몫도 한 병을 주문했다. 잘 간직해 두었다가 아이가 크면 보여 줄 생각이란다.

—이게 네 냄새야.

아이는 어떤 감정을 느낄까?

강토도 생각지 못하던 일이었다.

"지혜야."

잠시 후에 둘째가 들어섰다.

"승아야."

아기를 보더니 체취가 밝아진다. 그런데 생각만큼 엄청난 반응은 아니었다. 그저 조금 변하는 것이다.

"우리 승아 냄새로 향수를 만든다고요?"

둘째도 관심이 한가득이다.

"네."

"승아야, 네 매력 뿜뿜 정신 광탈 냄새로 향수를 만든대. 우리 승아 좋겠네."

둘째가 아기 볼을 쓰다듬으며 애정을 쏟아 준다.

"뭘 어떻게 해야 하는 거죠?"

"아기 냄새를 흡수하도록 유지와 올리브 오일을 바른 리넨을 피부에 붙일 겁니다. 냄새가 가장 진한 어깨와 가슴 쪽, 그리고 사타구니와 발의 경골 부위요. 아프거나 하지는 않습니다."

"크림을 바르듯이 그냥 붙이기만 하는 되나요?"

"도와 주실 것은 아기가 울거나 보채지 않게 하는 겁니다. 만약 아기가 심하게 울게 되면 땀이 유지를 산화시켜 원하는 향을 얻을 수 없게 됩니다."

"그건 걱정 마세요. 우리 승아 별명이 잠보거든요. 한번 잠들면 색색거리며 자는데 곧 잠들 시간이에요."

"그럼 서둘러야겠네요."

"그러세요."

둘째가 아기를 받아 들었다.

유지는 다인의 작품이었다. 이걸 위해 새벽처럼 나왔다. 도움은 마장동의 권혁재가 주었다. 마침 양의 신장 기름도 나와 품질은 최상이었다.

다시 보아도 정성이 듬뿍했다. 기름은 잘 여과되었고 올리브기름의 비율도 좋았다. 냄새만 맡으면 알 수 있는 강토였다.

둘째가 토닥이자 아기는 잠이 들었다. 편안한 곳에 두고 작업에 들어갔다. 어깨, 가슴, 국부, 경골이라고 해서 거기에 붙이면 끝나는 게 아니었다. 인체의 굴곡을 고려하고 차이점도 체크해야 한다. 어떤 사람은 귀 뒤와 목덜미의 냄새가 더 진하기 때문이었다.

막힘 하나 없이 작업을 끝냈다. 랩으로 말고 리넨을 감아 아기의 불편을 최소화했다. 이제는 기다리기만 하면 될 일이었다.

그때 노크 소리가 들렸다.

"승아 아빠 왔나 보다."

둘째가 일어섰다.

"형부도 와?"

막내가 물었다.

"같이 왔었어. 너 줄 꽃 좀 사 온다고 상가에 갔었거든."

둘째가 문을 열었다. 승아 아빠 손에는 흑장미가 한 다발 들려 있다.

"처제, 완쾌 기원."

그 꽃이 막내에게 건너갔다.

"고마워요, 형부."

막내가 꽃다발을 받아 든다. 너무나 평범한 형부와 처제의 반응. 하지만 다른 게 있었으니 폭발적으로 변해 버린 막내의 체취였다.

'읏?'

평온하던 강토 표정이 석상처럼 굳어 버렸다. 생각지 못하던 돌발이었다.

*　　　*　　　*

형부는 준수했다. 처제를 대하는 태도는 그리 각별하지 않았다. 그냥 처제와 형부 사이 정도다.

막내도 평범했다. 표정은 분명히 그랬다. 하지만 그 이면을 볼 수 있는 사람이 있었다. 얼굴 표정은 변화가 없지만 순식간에 변해 버린 화학적 증거…….

체취.

햇살을 따라가는 해바라기.

그녀의 체취는 연모하는 사람을 대할 때 엿보이는 그것과 같았다.

막내와 아기.

막내와 형부.

강토는 숨어 있던 진실의 냄새를 맡았다.

"당신, 뛰어갔다 왔어? 왜 그렇게 땀을 흘려?"

둘째가 남편을 바라보았다.

"어? 건널목에서 잠깐 뛰었더니……."

형부가 주머니에서 손수건을 꺼냈다.

"잘 챙기셔. 여기만 오면 손수건이건 뭐건 잘 잃어버리고 가니……."

둘째가 남편의 주의를 환기시켰다.

"제부, 인사해. 이쪽이 향수 만드시는 닥터 시그니처."

황지유가 나서서 인사를 시킨다. 강토와 형부가 맞인사를 나눴다.

"잘 좀 만들어 주세요. 우리 처제가 승아를 굉장히 좋아하거든요."

형부의 말을 들으며 코를 가다듬었다.

형부의 체취.

그게 오피스텔에서 감지된 것이다.

책장 옆의 장식함이었다. 거기 형부의 체취가 쌓여 있다. 손수건이다. 넥타이다. 심지어는 수건도 감지가 되었다. 말하자면 형부의 체취 저장함(?)이 따로 있었다.

"……."

후각을 내려놓고 생각을 가다듬었다.

황지유의 막냇동생.

아기 냄새가 아니라 형부 냄새를 좋아한다.

이제는 확신이었다.

아기의 체취를 받는 동안 황지유의 패밀리에게 향수 이야기를 해 주었다. 그녀들 역시 향수의 지속성과 노트에 대해 궁금한 게 많았다.

"처음에는 환상적인데 왜 시간이 지나면 마른오징어 상한 냄새가 나나요."

단골 질문이다.

"좋은 향수가 아니라서 그렇습니다. 좋은 향수는 시간이 지나도 본향이 변하지 않으니까요."

"퍼스트 노트, 미들노트, 라스트 노트… 듣기만 해도 골치 아파요. 그냥 코로 맡아서 마음에 들면 좋은 거 아닌가요?"

"당연히 그렇죠. 노트에 대한 설명은 향수에 환상을 입히기 위한 장치일 뿐입니다."

"그리고 향수에는 왜 그렇게 많은 물질이 들어가요? 잡지 보다 보니 어떤 건 수백 가지 향료가 들어가기도 한다면서요?"

"혹시 좋아하는 음식이 뭐죠? 몇 가지만 말해 보세요."

"샐러드, 김치, 동탯국?"

"마침 설명하기 좋은 아이템들이군요."

"……?"

"샐러드와 김치, 동탯국은 다 다른 것 같지만 유사성이 있지요. 샐러드는 여러 채소나 과일, 고기 등을 넣고 드레싱을 올립니다. 드레싱도 몇 가지 재료를 섞어서 만드는 게 많지요. 김치 또한 그 양념 속에 굉장히 많은 것들이 들어갑니다. 마늘을 시작으로 고춧가루, 갓, 파, 생강, 새우젓, 때로는 찹쌀도 쑤어 넣고 오징어나 고등어를 썰어 넣기도 합니다. 동태도 국을 끓일 때 살만 발라서 끓이는 것보다 머리부터 내장까지 다 넣고 끓여야 깊은 맛이 난다고 하더군요. 그런데 다 위에 설명한 것처럼 하는 건 아니죠. 한 가지 채소만 먹는 샐러드도 있고 여러 양념을 생략하는 백김치도 있지요. 향수도 비슷한 원리라고 생각하면 이해가 쉬울 것 같습니다."

대화가 오가던 중에 둘째의 돌발 요청이 나왔다.

"애잔한 이야기는 없나요? 마리 앙투아네트가 피난을 가면서도 우비강 향수를 뿌려서 향 때문에 체포되었다는 것 같은 일화나 전설요."

"애잔한 이야기야 많지요……."

강토가 말을 이어 갔다.

옛날이었다. 과거를 보러 가던 선비가 몰락한 양반집에서 하룻밤 묵다가 아가씨의 차를 대접받게 되었다. 여자는 얼굴을 드러내면 안 되었으니 두터운 주렴을 내리고 손만 움직였다. 순백의 손에서 감귤 향이 났다. 선비는 차보다 감귤 향에 빠졌다.

"손의 향이 너무 아름답군요. 과거에 급제하면 다시 들르고 싶습니다. 허락하시겠습니까?"

선비가 물었다. 이 시대식의 애프터 신청이었다.

"네, 선비님."

아가씨가 답했다.

선비는 장원급제를 했다. 벼슬에 신관 부임에 바쁘다 보니

아가씨와의 약속을 잊었다. 1년쯤 지나자 부모가 혼사를 정해 버렸다. 그제야 아가씨 생각이 났다. 짬을 내어 그 집을 찾아갔다.

다시 아가씨의 차 대접을 받았다. 여전히 주렴을 내린 상태였다.

그런데.

아가씨의 감귤 향이 변했다. 예전의 상큼하고 달콤한 향이 아니라 쉬고 꼬릿해진 향이었다. 그때는 가슴을 흔들던 그 향, 지금은 불쾌한 감정으로 변해 버렸다.

“잘 마셨습니다.”

소반 위에 엽전을 놓고 나왔다. 그때의 찻값까지 계산이었다. 주렴을 내렸으니 자신이 그 선비임을 모를 것으로 생각한 것이다.

다음 날 아가씨는 출가를 했다.

아가씨는 선비를 알았다. 자기처럼 감귤 향을 풍기지 않아도 대문을 넘어서기 무섭게 알아차렸다. 감귤 향이 꼬릿해진 건 향낭 때문이었다. 그녀는 원래 소매에 감귤 향낭을 지니고 있었다. 선비가 그 향이 좋다 하니 바꾸지 않았다.

선비를 처음 만난 건 1년여 전이었다. 오랜 시간이 지나면서 향이 바래졌던 것.

아가씨는 선비를 연모해 그의 모든 것을 기억하고 있었고 선비는 향에 홀렸기에 단지 향만을 기억했던 것이다.

"슬프당."

이야기가 끝나자 둘째가 코맹맹이 소리를 냈다.

아기는 아직도 새근새근이다. 리넨을 보니 체취가 충분히 배어들었다.

"이 정도면 되었습니다."

강토가 리넨을 걷었다. 그 일도 조심스럽고 정성스러웠다.

밖으로 나와 둘째의 차를 확인했다.

체취 추출은 끝난 게 아니었다.

얼마가 지나자 둘째 부부가 나왔다. 그들이 도로에 진입하기를 기다려 따라붙었다.

"잠깐만요."

신호에 막힌 틈을 타서 강토가 소리쳤다. 강토가 방개차를 갓길에 붙이자 둘째 차량도 그 뒤에 정차를 했다.

"무슨 일이죠?"

둘째가 물었다.

"우리 체취도 필요하다고요?"

강토 말을 들은 둘째 눈이 동그랗게 변했다. 부부는 닮는다더니 부부의 반응은 거의 붕어빵이었다.

"아기 체취만으로 만들까 싶었는데 두 분을 보니 그 체취가 들어가야 더 좋은 베이스노트가 될 것 같아서 그럽니다. 아까 말씀드린 동태 요리법과 같달까요?"

"그럼 아까 말씀하시지……."

"막냇동생분은 아이 냄새를 원하고 있습니다. 그런 분 앞에서 두 분 체취 이야기를 하면 이상향이 깨질 우려가 있어서요."

"그건 말 되네요."

"이거 받으시죠. 아까 제가 아기에게 하는 거 보셨으니 그것처럼 해서 5—6시간 후에 떼어 제게 가져다주시면 됩니다. 깨끗한 봉투에 담아서요."

"그러죠, 뭐. 더 좋은 향수에 필요하다니……."

"대신 동생분에게는 비밀로 해 주시면……."

"알았어요."

둘째가 유지 봉지를 받아 들었다.

그제야 한숨을 돌리는 강토였다.

와아.

강토가 향에 취한다. 갓 만들어진 아기 냄새 노트 때문이었다.

생명 노트.

그렇게 이름 붙이고 싶었다. 연민과 동정심을 유발하는 노트와도 상대가 되지 않았다. 머리가 확 맑아지면서 이끌림과 보호본능이 샘솟는다.

순수 무구.

애잔 애련.

포근 안락.

연민 연정.

그 무엇으로도 규정하기 힘든 향의 궁극이 거기 있었다. 무자극이면서도 최고의 감동이 되는 향…….

"역시 우리 대표님."

"아기 향하고 똑같아."

시향을 마친 상미와 다인이 혀를 내두른다.

체외 행복 호르몬.

애정 충만 호르몬.

상미의 화술이 춤을 춘다. 아쉬운 건 용량이다. 향수 몇 병 정도 만들면 끝일 것 같았다.

"대표님, 우리 유명 인사들 체취 시그니처도 만드는 게 어때? 은나래 뮤게도 반응 좋았잖아?"

상미의 의욕이 우주로 날아간다.

"나도 구상 중이긴 해."

"좋아. 내가 나중에 손 여사님 오시면 SSB나 SSG 쪽에 의향 타진해 볼게. 시그니처로 딱이겠어."

SSB는 스페셜 소년단이고 SSG는 신상 소녀단이다. 손윤희와 같은 기획사 소속이다.

이후에 황지유네 둘째 부부의 유지가 도착하자 바로 멸균된 비커에 넣고 알코올이 거의 다 날아갈 때까지 증류를 했다. 둘째 것은 버리고 형부 것만 쓰기로 했다.

형부의 체취는 별거 없었다.

향수에 대한 책 중에 '겐지 이야기'라는 게 있다. 거기 중장이라는 인물은 천연 향을 품고 태어났다. 온몸에서 저절로 맑은 향이 풍긴다. 어느 정도인가 하면 시들어 가는 꽃도 중장의 손길이 닿으면 생생한 향으로 살아난다.

어쩌면 강토, 형부의 체취에 그런 향의 분자가 있나 생각하기도 했었다. 그래서 막내가 뿅 가 버린 건가. 하지만 평범하다. 향수조차 쓰지 않으니 땀 냄새와 기름, 시큼텁털한 치즈를 혼합한 보통 남자의 체취일 뿐이었다.

"음, 별 특징 없네?"

다인도 공감이다. 그러나 다인과 강토의 입장이다. 황지유의 막냇동생에게는 이 향이 안식이자 황홀이니 체취를 대할 때만은 강토의 후각보다 더 예민하게 작동하는 모양이었다.

향수 구상을 앞두고 있을 때 반가운 손님이 왔다. 상하이의 곽파오였다. 할아버지의 앵콜전을 보러 온다더니 그 약속을 지킨 것이다. 이번에는 혼자가 아니었다. 딸 곽루옌을 대동했다.

"윤강토."

그녀 목소리가 천둥을 쳤다. 예멘에서의 인연 때문이었다. 강토보다 6살이 많은 그녀. 이제는 만개한 여성이 되어 있었다.

"나 이거 믿어야 돼? 우리 강토가 조향사가 되었다고?"

그녀가 강토 어깨를 흔들며 소리쳤다. 그녀가 아는 강토는 후맹에 머물러 있었다. 오죽하면 취두부의 냄새조차도 '그럭저럭' 맡아 낼 정도였기 때문이었다.

"아무튼 축하해. 게다가 굉장한 실력파라고?"

"오랜만이네요."

그녀가 어깨를 놓자 겨우 인사를 하는 강토였다.

"만난 김에 네가 부탁하거라."

곽파오가 딸에게 눈짓을 했다.

"향수 필요해요?"

강토가 먼저 물었다.

"그래. 하지만 내가 쓸 건 아니고, 추젠화 회장님 딸 추진진. 네 할아버지 그림 때문에 만났는데 그 그림의 향수가 마음에 들더래. 그래서 너에 대해 알아봤나 봐. 이 여자가 피부 트러블이 장난이 아니야. 거의 두드러기 인간이랄까? 너는 향수 알레르기 피부도 문제없다며?"

"그렇기는 한데 그러자면 그 사람의 협력이 필요해요."

"그런 건 문제없어. 가능하기만 하면."

"그렇다면 그 사람만의 시그니처를 만드는 건 문제가 없어요."

"그럼 전달한다? 이번에 한국 나올 눈치던데 그래야 스케줄 잡거든."

"굉장한 분인가 봐요?"

"당연하지. 어느 정도인가 하면 지난번에 프랑스 조향 대가가 홍콩에 왔을 때는 전용기를 타고 날아갔어. 그 사람 향수는 알레르기가 없다고 해서."

"허얼, 전용기……."

"허얼은… 신세대 사업가로 전용기만 세 대야. 물론 그때 받은 시그니처도 결국은 알레르기가 나서 거금만 날렸지만."

전용기가 세 대.

강토 입이 벌어졌다. 상하이 최고의 갑부로 꼽히는 추젠화 패밀리… 강토가 생각하는 이상의 거부인 모양이었다.

"아무튼 네가 한국에서 니치와 시그니처로 뜨는 막강 신예라고 하니까 나한테 슬쩍 타진을 하더라고. 한번 해 볼래? 이거 잘되면 내 사업도 빛 좀 볼 텐데… 너 예멘에서 나한테 신세 진 것도 많잖아?"

괜한 으름장도 놓는다.

신세를 진 건 사실이었다.

"그러죠, 뭐."

"그럼 오라고 한다?"

"그러세요."

강토가 수락했다.

강토의 향수를 득템해 간 중국인은 일곱이었다. 금란백화점에서 들은 이야기였다. 그날 이벤트 때 최고가를 써낸 사람도 중국 남자였다. 그가 손윤희표 짝꿍 향수에 지른 돈은 무려 2천만 원이었다. 이번이 여덟 번째 중국 손님이라고 하자 루옌이 반색을 했다. 중국인은 숫자 8을 좋아한다. 한국 사람들이 생각하는 이상이었다.

곽파오 부녀를 보내고 조향 오르간 앞에 앉았다.

"처형 소개로 만났어요."

둘째 남편의 말이었다. 혹시나 해서 물었더니 굉장한 사연이 나왔다. 황지유가 주선한 소개팅이었다. 남자에 큰 관심이 없는 막내가 걱정돼서 연결시켰다. 괜찮은 남자였기 때문이었다. 하지만 그 소개팅에 나간 건 둘째였다. 막내가 완강히 반대하니 둘째라도 보낸 것이다. 둘은 그렇게 눈이 맞아 결혼을 했다.

막내의 인생 실수.

강토 머리에 들어온 생각이었다. 둘의 사랑이 깊어 갈 때 처음으로 그 남자를 만났다. 둘째가 집으로 데려온 것이다. 막내 비극의 출발점이었다.

체취로 판단하건대 막내는 형부를 흠모한다. 하지만 내색하지 못한다. 천생연분 같은 남자를 만날 기회를 언니에게 준 건 그녀 자신이었다. 그 애정을 형부의 아기에게 쏟았다. 그건 흠이 되지 않았다. 하지만 그녀가 진짜 좋아하는 건 아기가 아니라 형부 냄새였다.

"까꿍까꿍."

형부의 분신인 아기를 보면서 대리만족을 했던 것이다.

막내는 중독자.

몰래 사랑의 중독자.

아기 냄새가 나는 콘센트레이트와 형부 냄새가 나는 에센스. 두 개를 놓고 다른 향료를 탐색해 나갔다.

민트와 치자 노트, 파출리와 너트메그를 쓰면 사랑에 불을 붙인다. 산사나무 노트나 뷰티르산처럼 느끼한 향료를 동원하면 정나미를 떨어뜨리는 쪽이다. 연정의 향 속에 변질되고 부패된 향 분자를 숨겨 톱노트가 끝날 때쯤, 하르르.

향에 체하게 만드는 것이다. 물에 체하면 약이 없듯 향도 체하면 오래간다. 완전히 질리게 되는 것이다.

형부의 체취라는 미끼가 있는 한 막내는 어느 쪽도 벗어나지 못한다.

그러나 강토는.

두 가지 스케치를 다 밀어냈다.

하우스의 첫 작품을 그렇게 시작하고 싶지 않았다. 더구나 아기가 결부된 일이었다. 그렇기에 더욱 향수의 원칙을 지킬 생각이었다.

강토의 선택은 제3의 향, 자기 성찰 향수였다.

그녀 스스로 미혹에서 깨어나게 하는 것.

가능은 할까?

베르가모트와 감귤, 세이지와 유향 향료를 집어 든 강토, 형부와 아기의 에센스 앞에 나란히 세우고 향을 파악했다. 표정이 편안해진다.

이 정도면 충분하다는 뜻이었다.

*　　　*　　　*

강토도 이제 많은 '스페셜' 향료를 가지고 있었다. 그중에는 오리알과 발효 가루, 리넨 조각 추출물로 만든 정액 노트도 있었고 레몬과 페퍼민트, 라벤더와 유칼리로 만든 새로운 시트러스 노트도 있었다. 그 과정에서 상미와 다인에게 같은 향이지만 질이 다른 향료의 차이점도 숙지시켰다.

차이는 두 가지에서 비롯되었다. 하나는 재배지의 기온이고 또 하나는 수확의 시기거나 제조법이었다. 가의도에서 나는 향료만으로는 부족함이 있기에 원료 감별력도 중요했다. 2% 부족한 향은 결국 20% 아쉬운 향수로 연결되기 때문이었다.

지금 오르간 앞에 놓인 베르가모트도 그랬다. 10월의 베르가모트와 2월에 수확한 그것은 '거의' 다를 수 있었다. 예컨대 10월의 그것은 핵심 성분인 리날롤 함유율이 최대치라 꽃향기를 뿜뿜 하는 데다 cis−3 헥산올까지 있어 청량함도 겸비하고 있다. 하지만 2월의 그것은 리날롤 함량이 떨어지는 대신 초산리날롤이 많아지니 청량한 느낌만 있을 뿐이다.

향 분자로 치면 평범하게 향을 추출하는 것보다 허공에 매달아 아래로 흐르는 농축액을 받는 게 좋았다. 밤새 자연 발효가 되면서 향이 익어 나오는 것이다.

그런데.

이 베르가모트에서도 민트 향이 나온다. 민트는 기분을 좋게 하고 마음을 편안하게 안정시킨다. 게다가 베르가모트는 원래 성스러운 시트러스 노트의 대표 주자다. 신성한 분위기에 마음의 안정. 바로 이 노트가 형부에게 미혹된 막내의 정신 줄을 제자리로 돌려놓는 선발대였다.

그 단초는 세이지가 제공한다. 자칫 야성의 향으로 쓰일 수도 있는 이 노트는 땀 냄새를 씻어 준다. 형부의 체취에 포함된 자연스러운 땀 성분. 그걸 분해해 미몽으로 가는 다리를 무너뜨린다.

다음 역할은 감귤과 유향이 감당한다. 감귤 향을 더해 정직이라는 경종이 울리면 유향이 맑은 정신으로 인도한다. 이 또한 베르가모트와 잘 연결되는 이미지였다.

그렇다면 정신이 번쩍 드는 파출리 노트는 어떨까?

고려는 했지만 이질적인 느낌이 들어 밀어 두었다.

이 구성에는 장미나 재스민, 일랑일랑 등의 노트 또한 접근 금지였다. 이들 향은 사랑의 감정을 촉발한다. 그렇게 되면 역작용이 일어나는 것이다.

형부의 체취에 세이지, 감귤 향에 유향, 민트에 이어 아기의 향료가 섞인다. 잠시 기다렸다가 시향지를 적신다. 각 냄새 분자의 세기와 세력을 고려해 다시 조향에 임한다. 유향은 블랑쉬의 보물을 동원했다. 구매한 것으로 넣으니 밸런스가 살짝 흔들린 것이다. 유향은 각성의 역할이다. 몰아치는 힘이 달리면 자칫 도로 아미타불이 될 수 있었다. 아기 냄새도 조금 줄였다. 그 용량만큼 형부의 체취가 더해졌다.

마무리는 용연향을 적하했다. 살짝 기울인 후에 시향을 하니 생기가 업그레이드되는 게 느껴졌다. 확실히 하기 위해 잠시 방치를 했다. 시간이 흐른다. 향 분자의 합종연횡이 시작된다. 강토가 조향실에 들어오면 누구도 방해하지 않는다. 강토가 상미와 다인에게 내린 철칙이자 부탁이었다.

얼마나 지났을까? 비커에서 아른거리는 냄새가 조금 더 자연스러워졌다.

다시 시향을 했다.

'좋았어.'

「정신 차렷」.

임시 타이틀을 붙여 놓고 본격 조향에 돌입하는 강토였다.

관건은 잔향이다.

형부의 체취를 톱노트로 뿜뿜 해 막내의 미몽을 무장해제시키고.

베르가모트와 감귤, 세이지의 매력으로 그녀를 향수의 본질 속으로 이끈다.

절정의 베이스노트에서 기다리는 마법의 잔향.

그녀 자신에 대한.

각성.

직관을 동원해 최적의 밸런스를 잡는다. 이때가 되면 강토는 향 분자들과 거의 혼연일치에 도달한다. 그 자신도 하나의 분자가 되어 향수와 함께 움직이는 것이다.

형부라는 사랑의 대상.

그 안에서 만나는 자신에 대한 성찰.

결론은 현타.

회심의 작업은 이마의 진땀과 함께 마무리되었다.

시간 차를 두고 세 개의 블로터를 적셨다. 30분 정도 지난 후에 블로터를 넣어 둔 작은 비커를 들었다. 코앞에서 두세 번을 흔든다.

아기 향과 함께 형부의 체취가 딸려 온다. 그 향의 끝에 강토가 숨겨 둔 잔향이 들어 있다. 세이지가 작용하고 감귤 향이 살랑거린다. 베르가모트와 유향은 또 그 안에 숨어 있다. 흔적뿐이지만 파워는 강하다. 정신이 맑아지는 것이다.

순간, 후각망울 안의 톱노트들이 희미해지기 시작한다. 아기와 형부의 냄새들…….

이번에는 블로터에 찍은 향수를 손목에 묻혀 본다. 유향의 활동이 조금 더 빨라진다. 피부에 작용하기 때문이었다.

"어때?"

다인과 상미를 불러다 시향을 시켰다.

"안아 주고 싶은 향?"

상미가 먼저 감평을 한다. 코박킁을 하지만 그녀의 한계는 어쩔 수 없다. 그래도 무진 애를 쓰는 모습이 그렇게 귀여울

수가 없었다.

"음… 천진난만, 순진무구… 막 이런 단어가 생각나는 건 맞아. 그런데 기분이 또렷해져. 착해진다고 해야 할까, 아니면 깨달음이라고 해야 할까? 하지만 잔향 느끼기 전에 약간 애니멀릭한 향도 있는데?"

다인의 평이다. 강토의 의도를 '거의' 알아챘다. 장족의 발전을 했다는 증거였다. 그 계기는 역시 동기부여와 실전이었다.

"그럼 이건?"

이번에는 다른 향수를 내밀었다. 아기 냄새만을 더 순수하게 살린 '초생(初生) 향수'였다.

"……?"

둘 다 숨결을 멈춘다.

순진무구와 순수의 결정판을 느낀 것이다.

"감동이야. 자꾸 맡으면 울 것 같아."

"호소력 갑이다. 설렘과 평온의 쓰나미?"

상미와 다인의 평이 비슷했다. 좋고 나쁨이 극명한 향에 대해서는 상미의 후각도 크게 달리지 않았다.

"의뢰인은 어떤 향수를 원할까?"

강토가 짐짓 물었다.

"당연히 후자지."

다인의 의견이다.

"배 실장은?"

"나도 동감. 아기 냄새는 뒤에 시향 한 게 찐이야."

"음… 내 생각은 반대인데?"

"반대?"

상미와 다인이 고개를 들었다.

"의뢰인은 전자를 선택할 거야."

"진짜?"

다인이 울상을 짓는다.

"내기해도 좋아."

"좋아. 내기해. 아무리 닥터 시그니처지만 이번만은 아닌 것 같아."

다인과 상미가 딜을 받았다.

"그럼 점심 쏘기?"

"뭐든 콜."

두 실장이 목청을 높였다.

그녀들은 여자다. 여자의 마음은 여자가 잘 안다. 더구나 아기 냄새였다. 그 또한 모성이 강한 여자가 잘 안다. 둘의 눈은 그렇게 불타고 있었다.

황지유가 방문을 했다. 막내와 둘째도 동행을 했다. 혈색이 조금 나아진 막내가 아기를 안고 있었다. 시그니처의 마지막 단계다. 이 단계는 사람에 따라 생략할 수도 있었다.

"와아."

막내와 둘째가 탄성을 내지른다. 황지유의 동생들이니 네임드 향수도 많이 접했다. 몇 군데 공방도 들러 본 그녀들이었다. 그러나 강토 하우스는 달랐다. 사치스럽지 않지만 들어서는 순간 딱 '향수'라는 이미지에 중독되어 버린다. 19세기의 유럽 조향 작업실에 자연미를 가미한 분위기 때문이었다.

"너무 좋다."

알람빅에서 나오는 오랑제트수를 한 병씩 주자 어쩔 줄을 모른다. 오랑제트는 작은 오렌지다. 시트러스 노트에서는 자주 쓰이는 재료였다.

"이렇게 유명한 분인지 몰랐어요."

미국 보그와 뉴욕 이벤트 사진을 본 막내가 인증을 고백한다. 여자들에게는 미국 보그의 인터뷰 기사가 후한 점수를 받고 있었다.

"그럼 향수부터 체크할까요?"

황지유 패밀리를 조향실로 모셨다. 그때까지도 막내는 아기를 품에서 놓지 않았다.

"시향 해 보시죠."

두 가지 블로터를 내밀었다. 하나는 성찰 향이고 또 하나는 초생 향이었다.

"언니, 이거 딱 우리 승아 향이야."

둘째는 초생 향에 자지러졌다.

"승아야, 맡아 봐. 네 냄새지? 똑같지?"

흥분한 나머지 아기 코에도 들이댄다.

"내 생각도 이거다. 완전 카피네, 카피."

황지유도 공감 백배.

"처음 것도 신산하고 좋지만 이게 찐 승아 향이야. 어쩜 이렇게 똑같을까? 눈을 감으면 승아가 앞에 있는 거 같아."

둘째가 막내 앞에 블로터를 흔든다.

분위기가 이러니 문 앞에서 지켜보던 다인과 상미도 눈웃음을 짓는다. 이번만은 강토를 이길 수 있을 것 같았다.

하지만.

그 희망은 오래가지 않았다.

"그 향도 좋기는 한데……."

막내의 선택은 역시 성찰 향이었다.

"얘, 우리 생각에는……."

황지유와 둘째가 막내를 말린다.

"이게 더 좋아."

막내는 듣지 않았다. 아기까지 둘째에게 건네주고는 성찰 향에 코박큼을 하는 중이었다.

"그래. 네 마음대로 해라. 어차피 너 주려고 부탁한 시그니처니까."

황지유가 두 손을 들었다.

강토는 웃고 상미와 다인은 뜨악해진다. 강토의 예고대로 된 것이다.

"저기요, 그럼 이 향수는 저희가 못 받는 건가요?"

몸이 달아오른 건 둘째였다. 그녀는 초생 향에 꽂혀 있었다.

"아닙니다. 그것도 한 병 드릴게요. 아기 체취를 추출할 수 있게 협조해 주셨으니까요."

강토가 마무리를 지었다.

"한 달은 있어야 한다고요?"

숙성 기간이 필요하다고 하자 막내가 경악을 했다.

"예. 하지만 이 향수는 가져가셔도 됩니다."

초생 향은 바로 내주었다. 이 향수는 잔향이 중요하지 않았다. 게다가 둘째는 막내처럼 이 향수에 집착할 것도 아니었다.

"제 것도 지금 주세요."

막내가 고집을 부렸다.

"안 됩니다."

강토가 잘라 버렸다.

"제가 냉장고에 보관하면 되잖아요? 한 달 후부터 뿌릴게요."

"조건이 다릅니다. 저희 숙성실에 보관하는 게 좋습니다."

쐐기를 박았다. 집착에 빠진 막내였기에 집에 가자마자 사용할 게 틀림없었다. 그렇게 되면 잔향의 효과가 약해진다. 자칫하면 집착을 키울 수 있었다.

"얘, 한 달만 참아라."

황지유가 막내를 달랬다.

패밀리는 그렇게 돌아갔다.

결과를 당겨서 이야기하자면 성찰 향은 성공했다. 한 달 후, 막내가 향수를 받은 지 딱 3일 만이었다. 3일을 거푸 뿌리고 나더니 향수를 멀리했다. 걸핏하면 찾아가던 형부네 집도 가지 않았다.

향을 맡을수록 빠져들던 형부에의 집착.

하지만.

한 시간, 두 시간…….

그러다 베이스노트가 잔향을 피울 때면 이성을 되찾게 되었다. 과몰입이 진정되자 자기 자신을 돌아보았다.

'내가 지금 뭐 하는 거야.'

형부는 이미 언니의 사람이었다. 게다가 자신을 이성으로 대하는 것도 아니었다. 아기도 있다. 형부와 언니가 깨지면 아기의 미래도 어두워진다.

이성을 찾게 되니 그게 보였다. 형부는 자신을 오직 처제로 대한다는 거.

그 증거는 황지유의 방문으로 증명되었다.

"그런데 닥터 시그니처, 다 좋은데 우리 막내 향수는 문제가 있는 거 아닌가요?"

"왜죠?"

강토가 시치미를 떼고 물었다.

"아기 냄새 좋아해서 시그니처 만들어 줬는데 그 향수 뿌리고 다닌 후로 오히려 승아를 별로 좋아하지 않는대요."

"그래요?"

"오히려 우리 둘째는 아기 향수에 빠져 있고… 혹시나 해서 그 향수도 뿌려 줘 봤는데 막내는 그것도 별로라고 하네요."

"대신 사람이 더 밝아졌지 않나요? 그게 궁극의 목적이었고."

강토가 핵심을 상기시켰다.

"그건 그래요. 맨날 둘째네 집에만 알짱거리더니 요즘은 밖으로 돌고 있거든요. 동호회에 골프 강습에……."

황지유가 환하게 웃었다.

막내의 비밀.

황지유에게 말할까 하다 그냥 묻었다. 세상에는 몰라서 좋은 것도 많다. 친언니라도 마찬가지다. 이들 자매는 오래 같이 늙어 간다. 긴 세월 동안 감정의 부침이 없을 리 없다. 강토는 그때까지 고려했다. 막내의 감정이 정리된 바에야 강토 선에서 봉인해 버리는 게 최선이자 최상이었다.

"그럼 나중에 뵙겠습니다. 제가 외국에서 오시는 예약 손님이 있어서요."

깍듯한 인사로 황지유를 배웅했다.

제5장

—

상하이 재벌 딸 추진진I

할아버지의 앵콜전은 성공이었다.

작년보다 값진 건 강토의 도움이 별로 없었다는 것.

관람객들도 큰 변화가 있었다.

작년의 포문은 중국 중산층 관광객이었다. 이어 향수에 끌린 사람들, 그다음에야 비로소 그림을 좋아하는 사람들이 줄을 이었다.

이번에는 처음부터 달랐다. 일반 관람객도 끊이지 않았지만 그림 전시회 자체를 보려고 온 사람들이 주를 이루었다. 그 핵심에는 곽파오와 추젠화가 있었다.

상하이의 큰손이자 뉴욕 미술품 경매시장의 큰손 추젠화.

전시 첫날 그가 들어선 것이다.

"윤 화백."

곽파오가 눈짓을 했다. 할아버지도 추젠화 얼굴을 알고 있었다. 자신의 그림에 거액을 베팅했기에 검색을 했던 것이다.

"오셨습니까?"

곽파오가 두 사람을 소개시켰다. 추젠화의 방한은 전격적이었다. 원래는 딸을 보내기로 한 그였다.

하루 전날 마음이 변했다.

결국 자신의 전용기를 띄운 것이다.

곽파오는 그 통보를 받았다. 하지만 그가 도착할 때까지 입을 다물고 있었으니 그의 수완도 대단했다. 할아버지에게 진짜 이벤트를 만들어 준 것이다.

추젠화 옆에 추진진이 있었다. 검정 드레스에 붉은 재킷으로 포인트를 준 의상. 몸매가 돋보이지만 드레스가 좀 길어 보였다.

추진진 소개는 루옌이 맡았다.

그림을 둘러본 추젠화는 신작 4점을 선점해 버렸다. 120호짜리 대형 그림 두 점에는 각 2억을 베팅했고 그보다 작은 60호짜리 두 점은 1억을 불렀다.

이유도 시원했다.

"2억에 사면 2억짜리 그림이 되지만 2천만 원에 사면 2천만 원짜리가 된다오."

계산이 담긴 설명이지만 할아버지는 개의치 않았다. 그림값 흥정이라면 중동에서 이골이 난 할아버지. 상업화를 해 보았기에 고상을 떨지도 않았다.

내 그림.

누군가 사다 아껴 주면 좋지.

비싸게 사 주면 더 좋지.

할아버지의 지론이다.

할아버지가 빈정을 상할 때는 한 가지뿐이다. 그림의 단점을 열거해 가며 그림값을 후려치려 할 때.

그런 인간의 지갑에서는 천만금이 나와도 팔지 않았다.

그가 뜨자 전시회의 격이 한 단계 더 높아졌다. 그림 애호가들과 화랑 관계자들이 몰려왔고, 문화부 기자들 숫자도 눈에 띄게 늘었다.

강토는 거의 관망자(?) 모드였다. 편안하게 그림을 감상할 수 있는 향수를 깔아 주고 동선이 끝나는 곳에서 향수의 분위기를 바꿔 관람객들을 명품관으로 이어 줬을 뿐이다.

추젠화가 떴다는 소문은 국내에 국한되지 않았다. 금란백화점이 유튜브를 타면서 중국 갑부 관광객들의 코스가 되었다. 작년 전시 기간에 비해 방문 숫자는 적었지만 지갑이 두터웠다. 명품관 매니저가 물건을 대느라 진땀을 쏟았을 정도였다.

추젠화는 오래 있지 않았다. 시간이 돈이었으니 점심 식사를 마치고 홍콩으로 떠났다. 이 식사에 할아버지를 초대했다. 대한민국 최고의 호텔 중식당에서 최고급 식사를 대접받았다. 돌아온 할아버지 몸에서 상어 냄새와 제비 냄새, 송로버섯 냄새가 났다. 샥스핀에 제비 집 요리 등을 먹은 것이다. 계산된 식사비만 1,200만 원이라고 했다.

그렇다고 추젠화가 기분만 낸 게 아니었다. 할아버지에게 딜을 했다. 상하이 전시회였다. 그가 구입한 그림에 신작 몇 개를 붙여 상하이 최고의 전시장에서 만나자고 했다. 할아버지가 거절할 리 없었다.

할아버지에게도 목표가 생기고 있었다. 늙은 화가로 저무는 게 아니라 다시 뜨는 해. 그게 너무나 보기 좋았다.

"식사가 아니라 금을 먹고 온 기분이다."

할아버지는 후끈 고무되어 있었다.

원래는 강토도 같이 초대를 받았지만 거절했다. 주인공은 할아버지였다. 그 관점을 흐리고 싶지 않았다.

결국 추진진의 식사 초대가 따로 들어왔다.

시그니처를 예약하러 온 사람.

이건 비즈니스였으니 당연히 수락을 했다.

"……?"

식사 초대 자리가 놀라웠다.

할아버지에게 들었던 그 호텔의 그 자리였다.

코스 역시 할아버지가 먹은 스페셜 중의 스페셜이었다.

"샥스핀, 송로버섯, 이런 거 안 좋아해요?"

요리가 나오자 추진진이 물었다.

"향부터 먹고 있는 중입니다."

강토가 웃었다. 샥스핀보다는 송로버섯 요리가 마음에 들었다. 버섯 곰팡이는 향수에도 많이 쓰인다. 요리사의 손을 거치니 푸근한 맛이 깊어져 더 좋았다.

그런데 정작 추진진은 샥스핀과 송로버섯을 먹지 않았다. 그녀가 먹는 건 제비 집 요리 옌워였다. 그것만 먹었다.

"추진진이 피부 알레르기가 있거든. 다른 거 먹으면 발진이 뿜뿜. 그래서 다른 건 눈으로만 먹는 거야. 코로 먹는 강토와 눈으로 먹는 추진진, 내 친구들은 다 이렇게 별나네."

주선자로 동석한 루옌의 설명이었다.

"그럼 제가 먹기 미안하잖아요?"

강토가 예의를 갖추었다.

"추 회장님 조언이었대. 어제 윤 화백님이 너무 잘 드시니 그 유전자를 받은 강토도 잘 먹을 거라고 생각하신 거지."

"……."

사업가적인 분석에 할 말이 없었다.

"향수 말이에요."

스푼을 놓은 추진진이 본론으로 들어갔다.

"진짜 가능해요? 부작용 없는 향수?"

그녀가 팔뚝을 걷었다.

"……!"

강토 표정이 굳었다. 피부염이 심했다. 며칠 전의 일인지 드문드문한 남은 발적의 흔적도 선명했다.

"이게 베이징 최고의 중의원도 못 고치는 병이거든요. 일본과 독일은 말할 것도 없고……."

그녀가 소매를 내리며 말을 이었다.

"디퓨저도 좀 진한 건 문제가 생겨요. 그래서 미치죠. 돈 없는 것들은 명품 향수를 잘도 뿌리고 다니는데 나는 돈이 있어도 향수를 뿌릴 수 없으니……."

"……."

"미리 말하지만 유명한 조향사들 여럿 만났어요. 홍콩에서 만난 프랑스 조향사 뒤랑, 일본에서 만난 일본 조향사 츠바사, 그리고 샌프란시스코의 미국 조향사 리처드… 다들 특별한 시그니처를 만들었지만 내 알레르기는……."

"……."

"보세요."

그녀가 핸드폰 파일을 보여 주었다. 그녀의 장식장에 진열된 향수들이었다. 웬만한 향수들은 거기 다 있었다. 용량으로 보아 한 번 정도밖에 분사되지 못한 채.

"그중에서 가장 뿌리고 싶은 게 뭔가요?"

강토가 물었다.

"이거죠."

그녀가 다음 화면을 넘겼다. 그러자 다이아몬드 같은 향수병이 나왔다.

'Clive Christian's Imperial Majesty?'

강토 시선이 정지되었다. 크리스찬 클라이브의 향수였다. 그야말로 명품 중의 명품. 가격만 해도 3억 원에 육박하는 네임드였다.

"대학을 수석으로 졸업할 때 아버지가 사 준 선물이었어요. 자칫하면 향은 다 증발하고 알코올만 남게 생겼어요."

"이제 제 말을 좀 할까요?"

"내가 듣고 싶은 건 Yes냐 No냐예요. 향수."

그녀는 일방적으로 나왔다.

"그럼 Yes입니다."

"가능하다고요?"

"물론이죠. 당신의 알레르기를 고칠 수는 없지만 알레르기에 영향을 주지 않으면서 뿌릴 수는 있습니다."

"어떤 향수든 가능한가요? 예를 들면 뇌쇄적인 것도?"

"Yes."

"좋아요. 그렇다면 비용은 얼마든지 드려요. 하지만 허튼 말이 되면 책임도 크게 지셔야 할 겁니다."

"Yes."

“향수 중에 당신이 받은 최고의 가격이 얼마죠? 그것의 세 배를 드리겠어요.”

일단 베팅부터 해 버린다.

“제가 받은 최고의 가격은 1억입니다. 거기까지는 필요 없습니다.”

“1억?”

추진진의 눈매가 살짝 떨렸다. 그렇게 고액일 줄은 몰랐던 모양이다. 하지만 그녀는 상하이 재벌의 딸이자 잘나가는 사업가였다.

“1억이라야 세 배 해도 3억이네요. 제가 뱉은 말이니 성공하기만 하면 드릴게요.”

자존심을 접지 않는다.

“무리하실 필요는 없습니다.”

“무리 아니거든요.”

그녀가 쐐기를 박았다.

“그러시면 저도 보너스를 드리겠습니다.”

고객이 원하니 받아들였다. 다만 지나친 베팅이었으니 약간의 서비스를 주기로 했다.

“어떤 보너스 말이죠?”

“아까 보여 준 크리스찬 클라이브 향수 말입니다. 자칫 향이 다 증발하게 생겼다고 하셨죠?”

“그렇잖아요? 평생 못 쓰고 모셔만 두면.”

"진정한 네임드들은 30년도 문제없고 50년도 가능합니다. 그거 뿌리고 싶으시면 제 향수를 테스트한 후에 따로 가져오세요. 그럼 제가 뿌릴 수 있도록 교정해 드리죠."

"다른 향수도 뿌릴 수 있단 말인가요?"

"다는 아니고 제가 교정하는 향수만 말입니다."

"너무 나가는 거 아닌가요?"

"그래서 토를 달았습니다. 제 향수를 테스트한 후에 가져오라고요. 신뢰가 생기지 않은 상태에서야 그 비싼 향수를 열 수 있겠습니까?"

"흥미로운 제안이네요."

"다만 한 가지 옵션이 있습니다."

"설마 중국 전설 속에 나오는 기이한 향 같은 걸 구해 달라는 건 아니겠지요?"

"조금 특별한 향이 필요하기는 합니다."

"결국?"

추진진의 인상이 구겨진다.

"미리 예단하지 마십시오. 특별하지만 당신은 쉽게 구할 수 있는 재료니까요."

"뭔데요?"

"당신의 체취, 그게 필요합니다."

"내 냄새?"

"좀 성가시겠지만 크게 어려운 것도 아닙니다. 제가 드리는 유지를 리넨에 바른 후에 신체에 붙였다가 떼어 오면 됩니다."

"닥터 시그니처."

추진진이 시선을 들었다.

"예."

"그 또한 향수를 만드는 과정의 하나인가요?"

"반드시, 그렇습니다."

"그럼 당신이 직접 하세요. 나는 조향사가 아니니까."

"정 어려울 것 같으면 저희 배 실장에게 맡기면 될 것 같습니다."

"내 말을 이해 못 했군요?"

"네?"

"당신보다 유명한 조향사들도 다 그들이 직접 했어요. 뭐든지. 그러니 당신이 직접."

"추진진……."

"원래는 당신 할아버지 전시회가 끝나는 날까지 서울에 머물 예정이었는데 아버지가 오셔서 정리를 해 버리는 바람에 내일 오후에 떠나야 해요. 그리고 오전 스케줄도 빡빡하니 지금 하든지, 아니면 2주 후에 상하이에 와서 하든지."

추진진은 여전히 일방통행이었다.

* * *

"여깁니다."

추진진을 추출실로 안내했다.

"머리카락과 눈썹, 손바닥과 발의 경골, 그리고 어깨와 가슴, 국부라고 했나요?"

강토의 설명을 재확인하는 추진진.

"네."

"샤워를 해야 하나요?"

"아닙니다."

"그럼 시작해요."

추진진, 그 자리에서 옷을 벗어 내렸다. 강토가 돌아서고 어쩌고 할 틈도 없었다. 검은 드레스 위에 걸친 붉은 재킷을 벗더니 발목에 닿을 듯하던 드레스도 내려갔다. 안에는 붉은 이너 웨어였다. 그녀는 눈길 하나 변하지 않은 채 옷을 벗어 버렸다. 속옷까지 몽땅.

"……."

강토의 시선이 출렁 흔들렸다. 그녀의 탄탄한 몸매와 국부의 날렵함 때문이 아니었다. 몸매 위에 남은 피부 알레르기의 흔적들 때문이었다. 가슴 위와 허벅지 안쪽, 어깨와 복부, 무릎 위에 붉은 얼룩의 물결이 아롱지고 있었다.

"다음은요?"

그녀가 먼저 물었다. 강토가 추출 작업용 매트를 가리켰다. 사람이 누울 수 있도록 청결한 준비를 끝낸 후였다.

추진진이 그 위에 누웠다. 몸매는 조각품이다. 지나칠 정도로 길었던 옷은 붉은 물결을 가리기 위한 고육지책이었다.

"잠깐만요."

실크를 당겨 몸매를 가려 주었다. 유지를 만들어야 하기 때문이었다. 아쉬운 대로 한 번 작업할 분량은 되었다. 돼지기름을 여과하고 소기름을 여과했다. 양의 신장에서 떼어 낸 유지도 필요했다. 이것들을 질 좋은 올리브에 개어 리넨에 발랐다.

올리브는 엑스트라 버진급이다. 그러나 다른 엑스트라 버진과 다르다. 그리스 코로네이키종으로 짠 이 올리브는 아련한 과일 향과 풀 향이 배어 있었다.

이제 그녀 몸을 덮었던 시트를 걷어 냈다.

"시작합니다."

담담하게 작업에 돌입한다.

이 순간.

추진진의 몸매는 이성의 가슴과 국부가 아니었다.

저 평원에 만발한 인화(人花)다.

인간이라는 꽃.

그 꽃에서 향을 추출하는 것이다.

하지만.

말 못 하는 꽃과 말하는 꽃은 다른 점이 있었다.

"얼마나 걸리죠?"

그녀가 물었다.

"대략 6시간 정도 걸립니다."

"뭐라고요?"

추진진이 몸을 벌떡 세웠다.

"향 추출 중에는 움직이면 안 됩니다."

"진작 말을 했어야죠. 내일 아침에 중요한 스케줄이 있어요. 그래서 꿀잠을 자야 하는데 내가 수면장애가 있어 자던 시간에 침대에 들어가야 하거든요. 6시간은 기다릴 수 없어요."

"추진진."

"2시간 주죠. 안 되면 나중에 당신이 상하이로 오세요."

2시간.

돌발이 나왔다.

"안 되는군요? 이거 떼어 주시겠어요?"

추진진이 유지를 가리켰다.

"……."

"닥터 시그니처."

"30분."

"네?"

"기왕 앞당기는 거라면 30분으로 해 드리죠. 대신 당신의 협력이 필요합니다."

골똘하던 강토가 맞불을 놓았다.

6시간에서 30분으로 단축.

강토는 어쩌려는 걸까?

*　　　*　　　*

"뭘 협력하라는 거죠?"

"땀입니다."

"땀?"

"저는 나가 있을 테니 몸을 움직이세요. 몸을 보니 운동은 많이 하신 거 같네요."

유지를 바른 리넨을 붙여 주었다. 첫 번째 부위는 발의 경골이었다. 다음은 국부인데 그곳은 패싱했다. 은밀한 곳이라 피한 게 아니라 거기 핀 붉은 물결 때문이었다. 진물이 나는 정도는 아니지만 오염된 체취가 나올 수 있었다. 조금 아래로 내려와 조금 얇게 바른 유지를 감았다.

가슴과 어깨 부위도 붉은 흔적을 피해야 했다. 문제는 없었다. 강토의 후각은 어느 부위의 체취가 강한지 알고 있었다.

마무리는 눈썹과 귀 뒷부분, 정수리였다. 이 부분은 유지를 두텁게 발랐다. 체취가 강한 부위에는 유지를 많이, 약한 부분에는 얇게 바르는 게 노하우였다. 그렇다고 무작정 두터운 것도 아니었다. 유지는 인체의 골격을 따라갔다. 좋은 체취를 얻는 비법이었다.

"닥터 시그니처?"

"즐거운 마음으로 움직인 후에 나는 땀은 시간을 앞당기는 아이템이 될 수 있습니다. 30분이면 해 볼 만하지 않을까요?"

"무리하는 거 아닌가요?"

"절대로, 즐거운 마음으로 빚어내는 땀은 그만한 가치가 있습니다. 세이브되는 나머지 1시간 30분 동안 증명해 보이죠."

"농담이 아니군요?"

"향수는 농담으로 만들어지지 않거든요."

"좋아요. 하죠. 땀이 나도록 운동하면 된다는 거군요?"

"맞습니다."

"옷을 입고 해도 되나요?"

"옷의 섬유 향이 배어들 우려가 있습니다."

"그럼 나가 계세요. 땀이 나면 부르죠."

"부를 필요는 없습니다. 당신 몸에 땀이 흥건해지면 내가 알 수 있으니까요."

그 말을 끝으로 조향실을 나왔다.

땀으로 범벅이 되는 체취를 모를 강토가 아니었다. 문을 닫고 나와 후속 준비를 했다. 추진진의 체취 유지가 나오면 바로 에센스 추출에 돌입할 생각이었다.

10분 경과.

조향실의 냄새 분자 구도가 변하기 시작했다.

20분 경과.

생각보다 빨리 정점에 도달했다. 그건 곧 추진진이 운동을 할 줄 안다는 뜻이었다. 물질적으로는 남부러울 것도 없는 여자. 게으른 사람이라면 몸매 관리가 될 리 없었다.

"들어갑니다."

땀 냄새가 충분하다고 느껴질 때 기척을 냈다.

체취 감지는 정확했다. 추진진은 비 오듯 땀을 흘리고 있었다. 아주 오래전도 아니다. 냄새로 보아 조금 전에 절정에 달한 것이다.

"누우세요."

매트를 권하자.

"바쁠 텐데 그냥 하세요."

그녀가 몸을 내 주었다.

그 상태로 유지를 감은 리넨을 떼어 냈다. 순수한 땀은 하나의 향수일 수 있다. 미네랄 향이 나는가 하면 생동감과 함께 활력도 엿보인다. 무엇보다 상쾌한 느낌을 풍긴다.

이 비법은 가의도에서 알았다. 여름날, 평원에서 꽃을 따다 보면 땀에 젖는다. 무심코 맡은 상미와 다인, 다인의 아버지 등의 땀 냄새는 차마 아름다웠다. 그때 감을 잡았다.

움직이지 않는 생체는 4—6시간.

땀은 1시간 이내.

체취를 추출할 수 있는 시간이었다.

자신의 체취는 맡을 수 없으니 강토 것으로는 실험이 되지 않았다. 상미와 다인에게 말할 수도 없어 개를 상대로 실험을 했다. 개에게 유지를 감아 주고 들판을 달린 후에 냄새 분자를 비교한 것이다.

강토의 판단은 적중했다.

그 적중이 지금 구현되고 있었다.

단 20분이지만, 추진진의 체취는 은나래의 것보다도 신선하고 상쾌했다. 땀이 노폐물이라는 말은 생물학적으로 맞을지 몰라도 조향학적으로는 아니었다.

"끝났으면 좀 씻을 수 있을까요?"

추진진이 물었다.

"아직 끝나지 않았습니다."

강토가 그녀를 막았다. 어깨를 으쓱한 추진진이 옷을 집어 들었다.

그녀가 옷을 입는 사이에 그녀의 체취를 에센스로 만들었다.

"자, 이제 원하는 향을 말해 보세요."

기본 콘센트레이트를 펼친 후에 강토가 물었다. 추진진이 향 원료를 음미하기 시작했다. 몇 개를 시향 하더니 조향 오르간을 바라보며 물었다.

"사향은 어느 것인가요?"

"이겁니다만."

강토가 사향 원료를 가리켰다.

"이게 남자를 후리는 향이죠?"

"그렇기는 합니다."

"이걸 중심으로 만들어 주세요. 세상의 남자들이 홀린 듯 내게 빠져 버리는……."

"중국의 미녀 양귀비처럼요?"

"네."

"남자들을 지배하려고요?"

"한번 과시해 보고 싶어서요. 지위나 돈이 아니라 여자로서 남자들의 시선을 받는……."

"그렇다면 샌들우드도 넣어야겠네요. 남자들의 시선 끌기 좋아하는 여자들의 필수템입니다."

"좋아요."

"그런데 그 여자들 중에는 고급 매춘부가 많죠."

"……?"

추진진의 눈빛에 각이 섰다. 기분이 상한 것이다.

"제 말은 당신에게 어울리지 않는다는 겁니다."

강토는 그 기분을 알았다.

"다른 조향사들은 그렇게 말하지 않던데요? 특히 사향… 역사적으로도 남자의 시선을 끄는 데 유니크 아이템이 아니었나요?"

"지금도 그럴 수 있습니다."

"그런데 왜요? 혹시 진품 사향이 없어서 그런가요?"

"당신의 품격 때문입니다."

"내 품격?"

"뭐든 노골적인 건 격이 떨어지죠. 향수도 그와 다르지 않습니다."

"당신 생각은 뭔데요?"

"남자들, 특히 당신이 생각하는 남자들은 원 나잇이나 노리고 달려드는 나이트클럽의 불나방들이 아니겠지요. 그렇다면 기품 있게 시선을 끄는 게 필요하지 않을까요? 여신이거나 황녀, 그도 아니면 최소한 공주님 품격의……."

"계속해 보세요."

"일단……."

강토가 조향에 들어갔다. 포도주 주정에 초산벤질과 정향, 헤디온에 안트라닐산 메틸을 넣고 인돌을 한 방울 떨구었다. 그걸 잘 혼합하더니 리넨 두 개에 흠뻑 적신 후에 가볍게 흔들었다. 그런 다음 그물망에 넣어 추진진에게 들려 주었다.

"루엔."

그때까지 기다리던 루엔을 불렀다. 하우스 밖으로 나가면 인파 속이다. 근처에는 관광 기념품 매장도 있으니 거길 알려 주었다.

"루엔."

거리로 나간 추진진이 리넨 망을 들어 보였다. 살짝은 어이없다는 표정이었다.

그 순간, 지나가던 여자 둘의 코가 움직이나 싶더니 추진진을 향해 시선을 돌렸다.

시간 정지.

그리고 선망.

그 눈빛이었다. 여자 둘은 마비라도 된 듯 추진진에게서 눈을 떼지 못했다. 우연이 아니었다. 남자들 역시 추진진을 보더니 얼어붙었다.

"추진진."

루엔이 추진진을 경각시킨다.

"보고 있어요."

이번에는 남자들이 많은 기념품 상점으로 들어갔다.

"어서 오……?"

입구의 남자 알바부터 오감 정지다. 추진진이 지나가면 사람들의 시선이 집중되었다. 그들 역시 선망과 경이의 눈빛이었다. 너무나 순수한 무엇, 너무 청초해 오감이 멎어 버리는 그것…….

강토의 말처럼 눈부시게 아름다운 여신을 바라보는 듯한 그런 시선…….

"좀 지나갈까요?"

한 남자 관광객은 추진진의 영어를 듣자.

두근.

심장 뛰는 소리가 들리더니.

툭.

들고 있던 태극기 그림의 작은 북을 놓고 말았다. 북을 줍는 그의 볼에 홍조가 피었다. 천박한 유혹이 아니라 치명적인 설렘이었다.

"대박."

밖으로 나온 루옌이 소리쳤다. 믿기지 않는 광경에 루옌은 미친 듯이 고조되어 있었다.

'이것?'

추진진이 향 망을 바라본다. 뭔가를 섞기는 했지만 결국 재스민 냄새다. 그러나 의심의 여지는 없었다. 그사이에도 많은 사람들이 시선을 멈추고 추진진을 바라보는 것이다. 심지어는 여자들조차도…….

꾸벅.

그들에게 예를 갖춰 주고 하우스로 향했다.

"반응이 어떻던가요?"

강토가 물었다.

"대박. 진짜 대박."

루옌이 쌍엄지를 투척하며 소리쳤다.

"받으세요."

이번에는 사향 베이스의 임시 향수 향망이었다.

"다시 나가 보세요."

두 여자의 등을 또 밀었다.

"사향 향이죠?"

하우스를 나오며 추진진이 물었다.

"그런 것 같아."

냄새를 맡아 본 루옌이 대답했다.

사향은 유혹이다. 이 향을 지니고 있으면 남자들이 벌 떼처럼 몰려든다. 중국의 서적에도 그렇게 나온다. 양귀비 이래로 좀 사는 집 여자들은 사향 향낭이 필수품이었던 적도 있었다.

과연 그랬다.

사향 향에 홀린 남자들이 돌아보았다. 그러나 한둘이다. 여자들도 돌아보지만 이내 관심을 거둔다. 다시 기념품 상점으로 간다. 입구의 알바생이 또 관심을 보인다. 그러나 아까 같은 선망의 눈빛은 아니었다. 안의 사람들도 그랬다. 사향 냄새에 돌아보지만, 한둘의 남자는 관심을 보이지만 대다수는 힐금 돌아본 후에 자기 일로 돌아간다.

"어떻던가요?"

다시 하우스로 돌아오자 강토가 물었다.

"이 향도 괜찮기는 한데……."

이번 대답도 루옌이 했다.

"이제 제 말을 믿겠습니까?"

강토가 첫 번째 향 망에 쓴 화합물을 들어 보였다.

"재스민이죠?"

추진진이 물었다.

"맞습니다. 대략 만든 재스민 화합물입니다."

강토가 답했다. 재스민 향은 몇 가지 인공 향료로도 만들 수 있었다. 재스민 원료가 있으면서도 쓰지 않은 건 오만한 고객에 대한 일종의 무력시위였다.

"재스민에 남자들이 끔뻑 죽는다는 말은 못 들었어요."

"맞습니다. 죽지 않습니다."

"그럼 또 뭘 넣은 거죠?"

"당신을 넣었죠."

"닥터 시그니처."

"땀 말입니다. 당신의 싱싱한 냄새… 제가 아는 한 땀과 뒤섞인 재스민 향을 풍기는 여자처럼 매력적인 사람은 없습니다. 이건 사향처럼 노골적이지 않으면서 우아하고 순수하죠. 여기에 몇 가지 향료를 넣어 향조를 다듬으면 어디를 가든 당신은 남자들의 시선을 받을 겁니다. 하룻밤 어쩌고 싶은 여자가 아니라 우아한 여신… 지배하고 싶은 여자가 아니라 지배당하고 싶은 여자. 게다가 재스민은 수면장애에도 효과가 좋으니 당신과 딱입니다. 그럼에도 당신 생각대로 하겠다면 사향을 주제로 만들어 드리지요. 개성도 중요하기는 하니까요."

"마치 피그말리온처럼 말하고 있군요. 내가 말하면 실현된다."

"그렇게 되지 않았나요?"

"……"

"선입견을 내려놓고 편안하게 생각하세요. 조향사로서 우아한 찬미의 길을 알려 드리는 것뿐입니다."

"재스민… 흔하디흔한 재스민……"

"그러나 조향사가 쓰기에 따라 보석도 되고 악취도 되죠."

"좋아요. 당신에게 일임하죠. 무조건."

추진진이 강토 제의를 받아들였다.

"거기 앉아 보세요."

추진진에게 자리를 권하고 스케치에 들어갔다. 시그니처는 역시 사람과 맞추는 묘미가 있었다. 체취 때문이다. 평균치를 기준으로 해도 되겠지만 체취와 맞추면 더 완벽하다.

베이스로 결정된 건 재스민과 추진진의 땀 체취였다. 이번에는 아까 쓴 조합 재스민이 아니라 천연 재스민을 꺼내 놓았다.

그녀를 한 번 보고 향료들을 바라본다. 영감을 부른다. 단박에 레더와 아이리스 향이 떠올랐다. 레더 중에서도 '스웨이드 노트'다. 소나 양의 가죽으로 만든 향료였다.

아이리스 향은 관능적이다. 그러나 조금 무겁다. 이 무거움을 밀어내는 특효약은 '피치' 향이다. 한 방울 떨구니 핑크빛 분위기로 변한다. 아이리스가 쾌활해진 것이다.

아이리스는 이제 순수한 땀 분자와 매칭되어 상쾌하고 생동감 넘치는 향조로 변한다. 매혹의 순도가 높아졌다.

'그리고……?'

다시 향료들을 바라본다. 이미 치명적이지만 한 번 더 치명적인 설렘, 그 방법이 있다면 놓칠 수 없었다. 거액의 고객에게는 그만한 노력을 경주해야 했다.

'오.'

강토가 손을 뻗었다. 마침 맞춤한 향료가 있었다.

「이소—E—슈퍼」.

인공 향이다. 그러나 인공 향료라고 다 나쁜 것은 아니다. 천연향료의 향조를 더 풍성하게 할 수 있다면 외면할 필요는 없었다. 더구나 이 녀석은 슈퍼스타다. 이름에 '슈퍼'를 달고 있어서 그런 게 아니었다.

'몰리큘01……'

강토 뇌리에 향수 하나가 스쳐 간다. 2005년에 출시된 향수였다. 온리 원의 물질 100%로 만든 향수. 바로 이소—E—슈퍼 100%의 몰리큘01이었다.

이 향료는 벨벳처럼 부드럽다. 동시에 맑고 연하며 살냄새도 가지고 있다. 더 큰 매력은 화학적인 기능이다. 놀랍게도 페로몬 수용체를 활성화시켜 사람의 매력을 업그레이드해 주고 끌리는 분위기를 연출한다. 베이스노트로도 손색이 없다.

확인 삼아 페로몬 분자에 섞어 보니 과연 그랬다. 미친 활성도를 보이는 것이다.

이소—E—슈퍼를 고르니 그 옆의 헤디온에도 손길이 갔다. 이 역시 인공 향료다. 매그놀리아 노트에 속한다. 이 또한 페로몬 수용체의 첫 결합 파트너로 불린다. 헤디온은 제 자리에 두었다. 매력은 조금 모자라는 것이 좋다. 끊어질 듯 이어지는 그 조마조마한 스릴…….

마무리는 모란, 즉 피오니 노트를 더했다. 그녀가 중국인이라서 더하는 서비스는 아니었다. 단지 그 향이 잔향으로 필요했을 뿐.

사앗.

스케치가 끝나자 조향에 들어간다. 베이스노트를 시작으로 하트 노트, 톱노트로 이어지는 기계적인 조향은 하지 않는다. 강토의 고려는 순서가 아니라 향의 특성 매칭이었다. 같이 넣어서 좋은 게 있고 미리 반응시켜 좋은 게 있었다.

샘플 향이 완성되자 플라스크를 가볍게 흔들고 블로터를 담갔다 꺼냈다.

흐음…….

시향을 한다.

좋았어.

즉석 컴파운딩이지만 나쁘지 않았다.

"어떻습니까?"

추진진에게 시향을 시켰다.

"……!"

그녀 손에 이어 눈동자가 떨린다. 마음에 들었다는 뜻이었다. 이제 피부 테스트가 남았다. 그녀 손목에 두 번씩 묻혀 주었다.

"괜찮은데요?"

한참이 지나자 그녀 표정이 풀렸다. 다른 향수처럼 발적이나 간지러움의 조짐이 없는 것이다.

"조금 덜어 드릴 테니 자기 전에 뿌리고 자 보세요. 아, 내일 아침에 중요한 일이 있다고 하셨죠? 그게 부담스러우면 내일 저녁에 뿌리고 자도 됩니다. 만약 문제가 생기면 제게 연락하시고요."

"끝난 건가요?"

"향은 꽃으로 치면 몽우리로 보시면 됩니다. 완성 후에 최소한 1주일, 보통은 6개월 정도 지나야 최고의 향조를 가지게 됩니다."

"좋아요. 대신 이 향수는 오직 나에게만 만들어 주셔야 해요. 이 추진진만의 향수."

가방을 챙긴 그녀가 강토에게 말했다.

"미안하지만 그렇게는 안 됩니다."

강토가 선을 그었다.

"안 된다고요?"

"당신이라는 영감을 소재로 만든 향수지만 제 작품입니다. 당신에게 계속 대 드릴 수는 있어도 독점은 곤란합니다."

"하지만 나는 3억이나 주기로 했어요."

"저는 갑부가 아니지만 3억으로 제 작품의 미래까지 팔지는 않습니다. 이 일은 없었던 것으로 하겠습니다."

『달빛 조향사』 7권에 계속…